Bin ich integriert?

**Für meine Lebensgefährtin,
meine Familie und meine Freunde.**

Integration mit Hindernissen!

Fabio Lo Monte

Bin ich integriert?

*Bibliografische Information der
Deutschen Nationalbibliothek
Die Deutsche Nationalbibliothek verzeichnet
diese Publikation in der Deutschen
Nationalbibliografie; detaillierte bibliografische
Daten sind im Internet über
http://dnb.dnb.de abrufbar.*

© 2013 Dr. Fabio Lo Monte

*Illustration:
Cristina Paulino
Mohammad Babzartaby*

Herstellung und Verlag:
BoD – Books on Demand, Norderstedt

ISBN:
978-3-7322-7295-2

Vorwort

Meine Mutter erwähnte mir gegenüber sehr oft das sizilianische Sprichwort „Chi ha lingua passa il mare", was sinngemäß so viel wie „Wer spricht, kann Meere überqueren" bedeutet. Dieser Satz enthält für mich die Aussage, dass Menschen im Gespräch stets zusammenfinden können. Dabei ist es nicht wichtig, welche Sprache sie sprechen, sondern vielmehr, wie sie miteinander reden.
Bereits mit Anfang zwanzig wollte ich ein Buch über Integration schreiben. Seitdem sind mehr als zehn Jahre vergangen, für die ich wirklich sehr dankbar bin. Denn die letzten Jahre haben mein Bild von Deutschland stark verändert und diesem Buch eine Kehrtwendung ermöglicht. Andernfalls wäre ein zu negatives Bild geschaffen worden, das nicht zu den letzten Jahren gepasst hätte.
Ich möchte mit diesem Text eine Sichtweise darstellen, die nicht viele Menschen kennen. Anhand meiner Vergangenheit versuche ich Situationen zu schildern, die letztlich das Leben eines Migrantenkindes geprägt haben. Nicht aus der Sicht eines Pädagogen, Psychologen oder Politikers, sondern vielmehr aus dem Blickwinkel des wirklichen Lebens. Aus diesem Grund ist in diesem Buch nichts verschönert dargestellt worden, da es nicht meine Absicht ist einen verfälschten Eindruck bei den Menschen zu hinterlassen, sondern vielmehr Vorurteile und Probleme zu schildern. Es handelt sich um eine echte Geschichte über Integration, und mit diesem Wissen sollte der Leser an diese Lektüre herantreten. Mein Ziel ist es

nicht, Mitleid zu erzeugen, sondern Verständnis zu schaffen.

Ich selbst habe beim Schreiben viel dazugelernt, und mir ist klar geworden, dass nicht jede Person dazu fähig ist, ihre Meinungen oder Ansichten gegenüber Ausländern zu ändern. Nichtsdestotrotz kann ein Einzelner vielen Menschen die Augen öffnen und zu einer besseren Kommunikation beitragen. So besteht meine Hoffnung darin, dass dieses Buch den Menschen, die verstehen wollen, eine gewisse Hilfestellung gibt.

1. Deutschland — Heimat meiner Eltern

Als meine Eltern in den 60er-Jahren nach Deutschland kamen, fuhren sie ins Ungewisse. Es war die Zeit der Gastarbeiter, und aus ganz Europa wanderten Menschen nach Deutschland ein, um dort ein besseres Leben zu führen. Viele trennten sich von der Familie und ihrer Heimat, denn der Wunsch danach, sich ein sorgenfreies Leben aufzubauen, war groß. Hunderte von Zügen mit Immigranten erreichten damals Deutschland. Viele dieser Züge fuhren nach Nordrhein-Westfalen, einst ein Ballungszentrum der Industrie, und in zwei dieser Zügen befanden sich meine Eltern, die unabhängig voneinander aus Sizilien anreisten.

Meine Mutter kam als Zwölfjährige mit ihren sechs Geschwistern nach Nordrhein-Westfalen. Anfangs lebten sie mit meinen Großeltern auf einem alten Bauernhof, und noch heute berichtet mir meine Mutter sehr gerne von dieser Zeit. Wenn sie zu erzählen beginnt, leuchten ihre Augen, und sie sagt, dass sie bisweilen noch das Gefühl hat, die Stimmen ihrer spielenden Geschwister auf dem Hof zu hören — eine Erzählung, die in mir stets ein Bild der Hoffnung erzeugt hat und mich noch heute träumen lässt.

Der Vater meiner Mutter war einige Jahre zuvor in Deutschland angekommen, denn er saß in einem der ersten Züge, die Nordrhein-Westfalen erreichten. Um eine Stelle hatte sich mein Großvater noch in Rom beworben, und nur kurze Zeit später erhielt er die Genehmigung zur Einreise. Auch vertraglich wurde bereits in Italien vereinbart, bei welcher Firma mein Großvater beginnen sollte. Somit machte er sich alleine auf den Weg in ein fremdes Land, in der

Hoffnung, seiner Familie ein besseres Leben zu ermöglichen. Von diesem Bild getrieben, fasste er schnell Fuß in Deutschland, und nach einigen Jahren gelang es ihm auch, seine Familie nachkommen zu lassen. Und so kam es, dass meine Mutter und der Rest der Familie ihre Heimat verließen, um von Neuem zu beginnen. Es schien alles wie ein Traum, der sich langsam erfüllen sollte. Die Familie war endlich wieder vereint, und meine Mutter und ihre Geschwister lernten ein besseres Leben kennen. Sie besuchten die Schule, arbeiteten und versuchten sich bestmöglich zu integrieren, um ein Teil der deutschen Gesellschaft zu werden.

Doch gute Zeiten werden oft überschattet von schlechten Zeiten, und so kam es, dass an einem heißen Septembertag das Leben meiner Mutter eine völlig neue Wendung nahm. Während einer Autofahrt wurde der Wagen meiner Großeltern von einem Motorradfahrer von der Straße abgedrängt und fuhr mit voller Wucht gegen einen Baum. Mein Großvater starb nur kurze Zeit später an der Unfallstelle, während meine Großmutter mit schweren Verletzungen ins Krankenhaus eingeliefert wurde. Auch meine Mutter und zwei weitere Geschwister saßen in dem Wagen, die den Unfall mit leichten Verletzungen überlebten. Der behandelnde Arzt teilte meiner Mutter und ihren Geschwistern mit, dass meine Großmutter noch nichts vom Tod ihres Mannes wissen dürfe, um mögliche Komplikationen zu vermeiden. Die Kinder, die den Tod ihres Vaters selbst noch nicht realisiert hatten, befolgten den Rat des Arztes und wechselten bei jedem Besuch ihre schwarze Trauerkleidung gegen Alltagskleidung, um ihrer Mutter das intakte Leben vorzuspielen. Täglich fragte meine Großmutter nach ihrem Mann, und jeden Tag wurde sie aufs Neue belogen. Meine Mutter sagt immer, dass diese schmerzlichen Momente sich in ihr Herz eingebrannt haben und die Wunden bis heute nicht verheilt sind.

Es vergingen Wochen, bis die Wahrheit ans Licht kam, und es vergingen Jahre, bis die Trauer überwunden wurde. So endete die Jugend meiner Mutter sehr abrupt, und sie musste lernen erwachsen zu werden. Zu allem Unglück teilte kurze Zeit später die Rentenversicherung meiner Großmutter mit, dass ihr keine Rente für ihren verstorbenen Mann zugesprochen würde, da die Mindesteinzahlungsdauer von fünf Jahren um wenige Monate unterschritten worden wäre. An diesem Punkt verlor meine Mutter sich in ihrer Trauer, und bald wurde aus der Trauer Wut und Verzweiflung. Zu diesem Zeitpunkt war sie erst dreizehn Jahre alt und begriff die Tragweite der Ereignisse noch nicht gänzlich, doch ihre älteren Geschwister versuchten schließlich allen bewusst zu machen, dass ein weiteres Leben in Deutschland nur noch unter bestimmten Voraussetzungen möglich wäre. Infolgedessen mussten meine Mutter und zwei weitere Kinder die Schule verlassen, um die nötige finanzielle Unterstützung für die Familie und den Aufenthalt in Deutschland zu leisten. Natürlich stellt sich hier die Frage, wie es denn möglich gewesen sei, dass Jugendliche unter 16 Jahren bereits in einer Fabrik arbeiten durften. Doch diese Frage beschäftigte meine Mutter damals nicht. Um in ihrer neuen Heimat bleiben zu können, hätte sie alles getan.

Die Kindheit meines Vaters verlief anders als die meiner Mutter und war auch weniger dramatisch. Er kam mit neunzehn Jahren nach Deutschland, direkt nach seinem Militärdienst. Ohne Angehörige im Land verließ er sich hier voll und ganz auf sein Glück und hoffte auf das Beste. Aufgrund seiner freundlichen und offenen Art schloss er schnell viele Freundschaften mit anderen Italienern und verlor nach und nach den Draht zu seiner Familie. Zwar fuhr er noch regelmäßig in seine alte Heimat, dennoch entwickelte sich sein Leben nicht wie das seiner Geschwister. Mein Vater hat insgesamt fünf Geschwister, die allesamt in Italien leben. Bisher sind nur zwei seiner Geschwister jemals zu Besuch nach Deutschland gekommen, recht bedauernswert, wenn man bedenkt, dass mein Vater seit mehr als 40 Jahren in Deutschland lebt. Beschwert hat er sich bei uns jedoch noch nie darüber, wenngleich er mit Sicherheit enttäuscht war und es noch immer ist.

Wie die meisten Immigranten zur damaligen Zeit war auch er ein ungelernter Arbeiter, der die meiste Zeit seines Lebens am Fließband verbrachte. Ein Beruf, den nicht viele Menschen so lange ausgehalten hätten, da er Körper und Geist extrem strapaziert. Die Härte der Arbeit machte sich bei meinem Vater jedoch erst im Alter von etwa fünfzig Jahren bemerkbar, als er immer öfter Probleme mit seinen Knochen und Gelenken bekam. Er arbeitete in einem metallverarbeitenden Betrieb, bei dem auch meine Mutter für kurze Zeit beschäftigt war. Und so kam es, dass meine Eltern sich in einer deutschen Firma kennen und lieben lernten. Das war zur damaligen Zeit nicht sonderlich schwer, denn um ausländischen Arbeitnehmern das Arbeitsklima angenehmer zu gestalten, wurden sie oft in Teams gleicher Nationalität eingeteilt. Die Firma versuchte damit die Effektivität der Arbeit zu steigern, ohne jedoch zu beachten, dass die Integration dabei auf der Strecke blieb.

Das Wort Integration fällt in den letzten Jahren immer häufiger in den Medien, und wird von Politikern bisweilen missbraucht, um auf Stimmenfang zu gehen. Dieser Begriff steht für Menschen, die andere Werte, einen anderen Glauben oder eine andere Kultur haben und es trotzdem schaffen, mit ihrer neuen Heimat zusammenzuwachsen. Ein schwieriges Unterfangen, sollte man meinen, denn wie kann ein Mensch sich integrieren, ohne sich dabei selbst zu verlieren? Doch ganz so schwer ist es nicht, wenn diese Aufgabe nicht wortwörtlich genommen wird. Denn für mich ist mit Integration schlicht und ergreifend ein Staat gemeint, in dem alle Menschen miteinander auskommen, Probleme lösen und Barrieren überwinden. Demnach ist es nicht nötig, dass ein Italiener nur noch einmal in der Woche Nudeln isst. Stattdessen sollte er zu seiner neuen Heimat stehen und diese mit allen Mitteln verteidigen. Es bedeutet auch nicht, dass türkische Kinder kein Türkisch mehr lernen sollten. Vielmehr sollten die Kinder türkischer oder anderer Immigranten erst die deutsche Sprache perfekt beherrschen, bevor sie eine Zweitsprache erlernen. Schließlich leben wir in Deutschland, und hierbei sollte die Zukunft der Kinder im Vordergrund stehen. Aus diesem Grund sollte jeder, der seinem Kind nur das Beste wünscht, wissen, dass dies ohne gewisse Sprachkenntnisse nicht erreicht werden kann, und dass die deutsche Sprache der Schlüssel zu einer erfolgreichen Integration ist.[1-2] Den deutschen Mitbürgern würde ich an dieser Stelle gerne einen Rat mitgeben, um in

---

[1] Zweiter Integrationsindikatorenbericht 2011 - erstellt für die Beauftragte der Bundesregierung für Migration, Flüchtlinge und Integration.
[2] Bildung in Deutschland 2012 - Ein indikatorengestützter Bericht mit einer Analyse zur kulturellen Bildung im Lebenslauf.

Zukunft besser zu verstehen, dass es einfach seine Zeit braucht sich in eine Gesellschaft zu integrieren.
Sie sollten den Migranten nicht verständnislos entgegentreten und das Unmögliche von ihnen verlangen. Integration bedeutet nicht, dass alle Menschen gleich sein sollen. Wir leben im 21. Jahrhundert, und das bedeutet, dass es in Zukunft kein Land mehr auf dieser Welt geben wird, in dem es nur eine Kultur, eine Religion oder eine Sprache gibt. Daher sollten wir alle uns am Neuen erfreuen und nicht engstirnig eine Ideologie verfolgen, die niemals erreicht werden kann.

Eine Ausbildung oder ein Studium konnten sich meine Eltern zur damaligen Zeit nicht erlauben. Meine Mutter nicht, weil sie sich um ihre Mutter und Geschwister sorgen musste, und mein Vater nicht, weil ihn seine Familie in Italien finanziell nicht hätte unterstützen können. Und daher schlugen beide wohl oder übel den Weg der einfachen Arbeiter ein. Zu jener Zeit war die Nachfrage in deutschen Firmen sehr groß, und so erzählte mein Vater mir einmal, dass er sich aussuchen konnte, bei welchem Arbeitgeber er beginnen wollte. Ein Zustand, den man sich heutzutage nur herbeiwünschen kann. Doch die damalige Lage auf dem Arbeitsmarkt ist mit der heutigen schlicht nicht zu vergleichen.
Anfang der 70er-Jahre heirateten meine Eltern auf Sizilien. Das lag hauptsächlich daran, dass ein Großteil der Familie dort lebte und keine Lust verspürte, für die Hochzeit nach Deutschland zu reisen. Allerdings hielt das meine Eltern nicht davon ab zu heiraten, und nur kurze Zeit später bekamen sie bereits ihr erstes Kind, meinen Bruder. Meine Eltern

hatten sich bis dahin einen soliden Lebensstandard und eine gewisse Sicherheit erarbeitet. Doch um sich dieses bessere Leben leisten zu können, mussten beide Eltern viel arbeiten, und so sorgte sich meine Großmutter die ersten paar Jahre um meinen Bruder, während meine Mutter und mein Vater mit ihrer Arbeit beschäftigt waren. In diesem Zusammenhang erinnere ich mich an eine Situation, als mein Vater eines Morgens mit 39°C Fieber aufwachte und ich ihn fragte, ob er wirklich so arbeiten gehen wolle. Auf meine Frage hin antwortete er: „Ich bin nur ein einfacher Arbeiter, ich kann es mir nicht erlauben, zu Hause zu bleiben.". Dabei schaute er mich traurig an und versuchte sich zugleich, ein Lächeln abzugewinnen, was ihm jedoch nicht wirklich gut gelang. Den Satz meines Vaters begriff ich in meiner Kindheit noch nicht, doch das änderte sich, als ich erwachsen wurde.

Nach der Grundschule wurde mein Bruder auf die Hauptschule geschickt — nichts Ungewöhnliches für ausländische Kinder zur damaligen und heutigen Zeit. Der einzige Unterschied liegt darin, dass heutzutage ein Hauptschulabschluss gar nichts mehr Wert ist. Meine Eltern verstanden damals die Bedeutung dieser Entscheidung nicht, da in ihrer näheren Umgebung niemand eine höhere Schule besuchte oder besucht hatte. Aus diesem Grund nahmen sie die Empfehlung für die Hauptschule von der Grundschullehrerin an und hinterfragten diese nicht weiter. Begriffen haben mein Bruder und meine Eltern leider erst viel zu spät, dass sie mehr hätten tun müssen und zu jener Zeit einen großen Fehler machten. Ein Sachverhalt, der noch bis heute auf viele ausländische Eltern übertragbar wäre.

2. Zwei Frauen zu Dank verpflichtet

Im Jahre 1980 wurde ich geboren, etwa fünf Jahre nach der Geburt meines Bruders, und im Gegensatz zu diesem wurde ich im Alter von drei Jahren in einem Kindergarten untergebracht. Hier verbrachte ich den größten Teil des Tages, bis mich meine Mutter oder mein Vater am späten Nachmittag abholen kam. Ich hatte eine wirklich schöne Kindheit und genoss mit Leib und Seele die Momente mit meiner Familie und meinen neu gewonnenen Freunden. Und selbst die Erzieherin ist mir in Erinnerung geblieben, denn sie hatte eine Art mit Kindern umzugehen, die unbeschreiblich schön war. Im September 1987 wurde ich eingeschult, wobei die Schule sich genau gegenüber des Kindergartens befand, so dass ich und meine Eltern gewohnte Wege gehen konnten. Das galt für viele meiner Klassenkameraden, von denen ich viele bereits aus dem Kindergarten kannte. Wie viele Kinder ging ich zu Beginn sehr gerne zur Schule, wobei mein stärkstes Fach die Mathematik war und meine größte Schwäche die geliebte Schönschrift. Nichtsdestotrotz war ich ein Kind, das ständig Unsinn im Kopf hatte und sehr gerne Menschen zum Lachen brachte. Ein Charakterzug, der mir heute noch nachhängt und mir in der vierten Klasse fast zum Verhängnis geworden wäre.

Als in der 4. Klasse die Empfehlungen für die weiterführenden Schulen bekannt gegeben wurden, begleitete ich meine Mutter zu meiner Klassenlehrerin, eine äußerst unsympathische Dame. Diesen Tag habe ich bis heute nicht vergessen, denn er ist zu einem der wichtigsten Wendepunkte in meinem Leben geworden. Während des Gesprächs versuchte meine

Lehrerin meiner Mutter klarzumachen, dass es doch das Beste für mich sei, mich auf die Hauptschule zu schicken, da der Großteil meiner Freunde ja auch dorthin gehen würde. Zudem begründete sie ihre Entscheidung mit meinem Fehlverhalten in der Klasse. Anders aber als bei meinem Bruder fünf Jahre zuvor hatten meine Eltern nun begriffen, dass der Hauptschulabschluss mehr und mehr an Wert verlor und mir keine aussichtsreiche Zukunft versprach. Zusätzlich hatte ich das Glück, dass meine Mutter zu diesem Zeitpunkt die deutsche Sprache bereits perfekt beherrschte, da sie in einer Schulmensa arbeitete. Dort lernte sie viele Realschul- und Gymnasiallehrer kennen, mit denen sie sich glücklicherweise über mich und meine Leistungen unterhalten konnte. Diese öffneten ihr die Augen und gaben ihr zu verstehen, dass sie einen großen Fehler machen würde, meine Motivation und meine Fähigkeiten unbeachtet zu lassen. Und so kam es, dass meine Mutter zu Beginn des Gesprächs mit meiner Lehrerin versuchte Fakten zu nennen, die ihrem Vorschlag widersprachen.

Sie erwähnte ihr gegenüber meine erbrachten Leistungen und deutete mehrmals auf meine Fähigkeiten in der Mathematik hin. Doch dies änderte nichts an der Entscheidung der Lehrerin und nach einiger Zeit wurde der Dialog zwischen den beiden immer energischer und aggressiver im Ton. Meine Lehrerin, die solch ein Auftreten von einer ausländischen Mutter wohl nicht gewohnt war, wurde sehr zornig. Sie stufte meine Fähigkeiten als mittelmäßig ein und ließ sich von ihrer Meinung nicht abbringen. Doch dann geschah etwas, was ich niemals erwartet hätte. Meine Mutter hatte genug gehört und sie stand von ihrem Stuhl auf. Im ersten Moment meiner kindlichen Vorstellung ging ich davon aus, dass sie diesen auf dem Kopf meiner Lehrerin zerbrechen würde, doch glücklicherweise fand diese Szene nur in meinem Kopf statt. Stattdessen drohte sie ihr wutentbrannt mit einem Rechtsanwalt und beschimpfte sie als beschränkte ausländerfeindliche Frau, die jegliche Sicht für die Leistungen ausländischer Kinder verloren hätte. Meine Klassenlehrerin wurde daraufhin ganz blass und wusste einige Sekunden nicht, was sie sagen sollte. Als sie wieder zur Besinnung kam, bat sie meine Mutter wieder Platz zu nehmen, und das Gespräch begann sich zu wandeln. Sie nahm sich still meine Zeugnisse zur Hand und überflog abermals meine Noten. Kurze Zeit später schaute sie meine Mutter und mich an und sagte: „Eigentlich können wir den Jungen auch auf eine Realschule schicken.". Stolz stimmte meine Mutter zu, und schaute mich mit liebevollen Augen an.

Ich begreife erst heute so richtig, welche Auswirkungen ein einziges Gespräch auf mein Leben hätte haben können. Dafür bin ich meiner Mutter auf ewig dankbar, denn dadurch hat sie mir viel Leid erspart und ein besseres Leben ermöglicht.

So, wie es mir damals in der Grundschule mit der Empfehlung meiner Klassenlehrerin erging, ergeht es noch heute vielen ausländischen Kindern — ein Umstand, den ich nicht hinnehmbar finde. Denn das Potenzial vieler Schüler wird oft von ihrer Herkunft überschattet, und sie sehen sich mit Vorurteilen konfrontiert, von denen sie sich nur schwer lösen können. Viele meiner deutschen Mitschüler kannten solche Sorgen damals nicht, denn einige erhielten sogar trotz schlechterer Noten Empfehlungen für das

Gymnasium. Was für manche Schüler unglücklicherweise damit endete, dass sie sitzen blieben, die Schule verlassen mussten oder gar keinen Abschluss machten.
Im Schuljahr 2010/2011 war der Anteil ausländischer Jugendlicher an Hauptschulen mit 33% etwa zweieinhalb Mal höher als der Anteil deutscher Jugendlicher, während der Anteil am Gymnasium mit 26% nur halb so hoch lag.[3] Doch bevor wir nun die Schuldigen für dieses Dilemma suchen, konzentrieren wir uns erst einmal auf das Wesentliche. Betrachten wir zuerst die Situation der Lehrer. Das Klassenzimmer ist heutzutage an einer städtischen Grundschule mit zirka 22-25 Schülern etwas überfüllt. Der Lehrer verliert dadurch schnell den Überblick und ordnet einzelnen Kindern schlechtere Noten zu. Ist diese Eingruppierung im Kopf einmal gemacht, ist es schier unmöglich, dass das Kind sich davon noch einmal befreien kann. Getreu dem Motto, dass der erste Eindruck entscheidet. Hinzu kommt, dass viele ausländische Kinder die deutsche Sprache nicht perfekt beherrschen, und dadurch automatisch für nicht so intelligent gehalten werden. Ein fataler Fehler, der den Kindern nur Schaden zufügt.
Bei energischen Kindern, so, wie ich eines war, spielt außerdem der Faktor unangemessenes Benehmen eine sehr große Rolle. Dieses Verhalten prägen sich viele Lehrer so tief ein, dass sie die Leistung des Schülers gar nicht mehr wahrnehmen können oder wollen. Kommen wir nun zur anderen Fraktion.

---

[3] *9. Bericht der Beauftragten der Bundesregierung für Migration, Flüchtlinge und Integration über die Lage der Ausländerinnen und Ausländer in Deutschland 2012.*

Kinder ausländischer Herkunft weisen sehr oft Schwächen in der deutschen Sprache auf, die in der Grundschule nur schwer zu überwinden sind. Schuld daran sind dennoch nicht die Kinder selbst, sondern deren Eltern. Oft vergessen diese nämlich, in welchem Land sie leben und wo ihre Kinder aufwachsen. Ohne Weitblick für die Zukunft sprechen diese zuhause ausschließlich ihre Muttersprache und vernachlässigen die deutsche Sprache. Auch Elternsprechtage werden oft nicht wahrgenommen und Mahnungen der Lehrer übersehen. Dem Kind wird dadurch unwissentlich die Zukunft erschwert und in mancher Hinsicht bestimmt.
Darüber hinaus stammen klassische Immigranten meist aus bescheidenen Verhältnissen mit geringer Schulbildung. Viele von ihnen kennen und begreifen daher nicht die Bedeutung und die Tragweite einer guten Schulausbildung, und die Gefahr, im jungen Alter durch die Hauptschule gebrandmarkt zu werden. Auch mein Leben wäre mit Sicherheit ganz anders verlaufen, wenn ich auf eine Hauptschule gekommen wäre. Denn in so jungen Jahren hat die Schule wohl oder übel einen entscheidenden Einfluss auf das Kind und seine Zukunft. Und wenn diese kaum eine positive Perspektive bietet und dem Kind bereits mit zehn Jahren aufgezwungen wird, so sollte sich niemand darüber wundern, wenn daraus Aussichtslosigkeit, Frust und Unmut erwächst. Vor allem dann nicht, wenn Hunderte solcher Jugendliche den Tag miteinander verbringen.
Stellt man sich ein Kind in der Grundschule vor, so kann man erkennen, dass es zwischen zwei Mauern steht. Eine Mauer bilden die Eltern, die sich strikt weigern sich zu integrieren, in ihrer Meinung verharren und Zuflucht bei Menschen gleicher

Herkunft und mit gleichen Problemen suchen. Die andere Mauer bildet die Lehrerschaft, die wiederum Fehler in der Politik sehen, sich von der Arbeit überlastet fühlen und von den Eltern nicht genügend unterstützt werden. Erschwert wird das Ganze durch die Tatsache, dass manche Menschen sich sturer anstellen als die dickköpfigsten Kinder. So sollten sich die Eltern ausländischer Kinder langsam Gedanken darüber machen, weshalb der Anteil der Bildungsinländer mit 3% aller Studierenden in Deutschland so gering ist, und Akademikerkinder zum Großteil auch Akademiker werden.[4] An diese Eltern sei der Rat erteilt, sich endlich zu integrieren und die deutsche Sprache als Pflicht zu betrachten. Bessert sich einmal die Sprache, wird das Verständnis der Kinder erweitert.

Den Lehrern empfehle ich, sich ihrer außerordentlichen Position und Verantwortung bewusst zu werden, und sich nicht ständig über die Härte und Menge ihrer Arbeit zu beklagen. Die Politiker sind sich der Lage mit Sicherheit bewusst, doch ändern wird sich die Situation dadurch auch nicht schneller. Die Ressourcen, die einem zur Verfügung stehen, sollten daher intensiver genutzt werden, auch wenn mal eine Stunde länger gearbeitet werden muss als geplant. Es sind Opfer, die erbracht werden müssen, nicht nur für den Einzelnen und auch nicht für die Politik, sondern für das Wohlergehen und die Zukunft der nächsten Generation in Deutschland. Darüber hinaus sollten sie sich Zeit für einzelne Problemkinder nehmen, und diese nicht einfach beiseite schieben und sich selbst überlassen.

---

[4] © *Statistisches Bundesamt, Wiesbaden 2013.*

Ich bin der festen Überzeugung, dass durch ein wenig Zusammenarbeit die Mauern beider Seiten langsam bröckeln und dem Kind Blicke in beide Richtungen gewährt werden.
Kinder begreifen nämlich sehr oft nicht, welche Auswirkungen diese Faktoren haben könnten. Und die Möglichkeit selbst über seine Zukunft zu entscheiden, ist eine Freiheit, die jedem Kind zur Verfügung stehen sollte.

1991 schrieb meine Mutter mich voller Stolz an der Realschule ein. Diese Schule war Teil eines großen Schulzentrums, auf dem sich neben meiner Schule auch ein Gymnasium, ein Internat und eine Mensa befanden. Der Arbeitsplatz meiner Mutter war somit in unmittelbarer Nähe, denn sie arbeitete in der Mensa des Schulzentrums. Unglücklicherweise gingen hier auch die meisten meiner Lehrer essen, wodurch ich fest davon ausgehen konnte, dass meine Mutter über mein Verhalten immer auf dem Laufenden gehalten wurde. Eine Lage, die besser nicht hätte sein können, denn wer wünscht sich nicht als Jugendlicher eine ständige Überwachung der Mutter? Nichtsdestotrotz lag das Glück auf meiner Seite, da die Lehrer, die bei ihr essen gingen, zufälligerweise auch meine starken Fächer unterrichteten. Ich selbst besuchte regelmäßig nach der Schule auch diese Mensa, da ich die ersten drei Jahre meiner Realschulzeit im Tagesinternat untergebracht wurde. Hier hatte ich nach der Schule genügend Zeit, um meine Hausaufgaben zu machen und mich mit meinen Freunden zu beschäftigen. Am späten Nachmittag holte mich meine Mutter meist ab, wodurch wir jeden Tag Zeit zum Reden hatten. Ich hörte dadurch sehr oft Geschichten, zum Beispiel darüber, wie sich meine Klassenkameraden bewusst mit meiner Mutter unterhielten, um eine größere Portion Essen zu ergattern. Das war selbst mir schon so unangenehm, dass ich diese Mitschüler am nächsten Tag nicht einmal darauf ansprechen konnte. Lehrer haben diese Taktik zum Glück nie angewandt, wodurch ich wenigstens dieser Beschämung fern blieb. Doch gerade solche Momente erheiterten meiner Mutter den Tag, denn dadurch wurde sie ab und zu von ihrer anstrengenden Arbeit abgelenkt.

Eines dieser Ereignisse jedoch geriet damals außer Kontrolle, und machte meine Mutter wütender, als ich sie jemals zuvor gesehen hatte. Als sie mich wie gewohnt nachmittags abholen kam, konnte ich ihre Entrüstung bereits von Weitem erkennen. Sofort durchlief ich in Sekundenschnelle in Gedanken den ganzen Schultag, doch fiel mir nichts Böses ein, was ich hätte getan haben können. Als sie mich erreichte, war es auch schon zu spät — sie begann zu schreien, auf italienische Art und Weise, versteht sich. Stückchenweise fügte ich ihre lauten Worte zu Sätzen zusammen und begriff, dass sich ein Schüler bei ihr über mein Verhalten beschwert hatte. Ich kannte diese Person sehr gut und wir waren nie wirklich befreundet, doch die Geschichte, die er meiner Mutter servierte, war unfassbar. Denn mit gesenktem Blick hatte er ihr eine seit Wochen andauernde Tortur beschrieben, die er meinetwegen durchleiden musste. Auf Nachfrage meiner Mutter ließ er sie in dem Glauben, ich würde ihn beleidigen und erniedrigen, weil er Deutscher sei. Außer sich vor Wut konnte sie in diesem Moment kaum noch richtig sprechen, bis ich sie endlich davon überzeugen konnte, dass diese Sache niemals stattgefunden hatte. Ich versicherte ihr daraufhin, die Angelegenheit schnellstmöglich aufzuklären, und ging am folgenden Tag ohne Umwege auf den Jungen zu. Als ich ihn jedoch zur Rede stellte, fing er an zu lachen und sagte, dass alles nur ein kleiner Spaß gewesen sei. Ich konnte seinen Auftritt kaum fassen und versuchte ihm zu schildern, in welche Situation er mich dadurch gebracht hatte. Verständnis schien er für diese Lage aber nicht zu zeigen, denn er versuchte auf abstruseste Weise sein Verhalten zu erklären und gab zu, dass er sich mit dieser Darbietung nur einen weiteren Nachtisch ergattern wollte. Ein Plan, der selbst mich in diesem Moment zum Schmunzeln brachte. Doch nach gefühlten dreißig Minuten kam er wieder zur Besinnung, und versprach mir, sich bei meiner Mutter zu entschuldigen. Glücklicherweise hielt er sein Versprechen, woraufhin dieses Thema niemals wieder von meiner Mutter angesprochen wurde. Dennoch ging sie für eine kurze Zeit wirklich davon aus, dass ich etwas gegen Deutsche hatte und mir dadurch meine Zukunft ruinieren würde.

Während meiner Zeit an der Realschule vergingen Jahre, in denen ich mich auf meinen Noten ausruhte, denn ich gehörte zum guten Durchschnitt, und das machte mich und meine Eltern gleichermaßen glücklich. Doch je älter ich wurde, desto intensiver nahm ich die Sorgen und Klagen meiner Familie wahr. An einem Tag waren es die Rückenschmerzen und das wenige Geld, und an einem anderen Tag war es die respektlose Art ihrer Vorgesetzten. Nach solchen Gesprächen sprach mein Vater mich und meinen Bruder stets auf unsere Zukunft an. Einen wirklichen Plan hatte damals jedoch keiner von uns beiden. Meist beendete mein Vater das Gespräch mit Ermahnungen wie „Endet nie wie ich und eure Mutter, denn ihr habt etwas Besseres verdient!" und „Arbeitet nicht mit eurem Körper, sondern mit eurem Kopf!". Diese Worte haben sich über die Jahre in mein Gehirn eingebrannt und nach einer Weile begann ich, sie zu begreifen. Ich schaute in meine Zukunft und mir wurde schnell klar, dass ich ohne Anstrengung genau denselben oder einen ähnlichen Weg einschlagen würde wie sie. Gewiss war ich in meiner Kindheit niemals unglücklich, denn ich hatte alles, was ich brauchte. Doch mir wurde erst zu diesem Zeitpunkt bewusst, welchen Preis meine Eltern dafür zahlen mussten.

Damals kam ich in die achte Klasse und ich beschloss, fortan den Hauptteil meiner Energie in schulische Leistung zu stecken. Doch bereits zu Beginn der achten Klasse erkrankte mein Onkel an Krebs, wobei ihm mehrere Metastasen an verschiedenen Organen diagnostiziert wurden und es nur noch eine Frage der Zeit war, bis er sterben würde. Diese Nachricht traf meine Familie und mich wie ein Schlag, da er nicht nur der Bruder meiner Mutter, sondern auch der beste Freund meines Vaters und mein Patenonkel war. Sechs Monate später starb mein Onkel an dieser Krankheit und es folgten viele Monate der Trauer. Es war die schlimmste Zeit meines noch jungen Lebens, und ich war wütend und sauer auf alles und jeden.

Einige Zeit verging, bis ich meine Motivation wieder zurückerhielt, doch am Ende der achten Klasse hatte ich meine Ziele erneut vor Augen und machte dort weiter, wo ich aufgehört hatte. Nur kam die nötige Energie nicht mehr nur aus Ehrgeiz, sie wurde verstärkt durch Wut und Zorn — keine angenehme Quellen für Energie. Doch ich wollte etwas für meine

Eltern und meinen verstorbenen Onkel erreichen und es war mir gleichgültig, woher diese Energie kam, solange sie mich ans Ziel führte. Daraufhin entschloss ich mich kurzerhand dazu, mein Abitur zu machen und alles erdenklich Mögliche dafür zu tun. Zur damaligen Zeit war mir jedoch noch nicht bewusst, welche Anstrengungen nötig sein würden, um dorthin zu gelangen.

Zu Beginn der neunten Klasse bekamen wir eine neue Deutschlehrerin zugeteilt, welche gerade mit dem Referendariat fertig geworden war. Als sie das erste Mal unser Klassenzimmer betrat, stockte allen Jungs im Raum der Atem, denn keiner von uns konnte es so richtig wahrhaben, dass diese wunderschöne Frau wirklich eine Lehrerin war. Niemand konnte mehr die Augen von ihr lassen, und ab diesem Zeitpunkt wurde der Deutschkurs für mich und meine Klassenkameraden schlagartig zum Lieblingsfach. Niemand erschien mehr zu spät zum Unterricht, und die gesteigerte Beteiligung überforderte selbst die Streber der Klasse. Getragen hat unsere Lehrerin meist einen Rock, was dazu führte, dass pro Stunde ungefähr zwanzig Stifte auf den Boden fielen. Ich fühlte mich damals wie in einem Eis-am-Stiel-Film, in dem jeder versuchte, die Lehrerin zu verführen und als Eroberer zum Held der Geschichte zu werden. Und so kam es eines Tages zu einer Situation, in der ich glaubte, dieser Held zu werden. Denn nach dem Unterricht bat mich meine Lehrerin, noch zu bleiben, da sie mit mir reden wollte. Ich schaute im selben Moment in die Klasse, lächelte und malte mir bereits die wildesten Fantasien aus. Als meine Klassenkameraden daraufhin neidisch den Klassenraum verließen, setze sie sich zu mir an den Tisch. In meinen Tagträumen lief ich schon nackt

durch die Klasse, wodurch ich die ersten Sätze des Gesprächs verpasste. Als ich wieder in die Realität zurückkehrte, schaute ich meine Lehrerin an, und bat sie die ersten Sätze noch einmal zu wiederholen. Sie begann von vorne und sagte, dass sie meine Interpretation von Gedichten und Romanen sehr mochte, aber ihr dennoch aufgefallen sei, dass ich eine leichte Rechtschreibstörung hätte. Ich schaute sie daraufhin verdutzt an und fragte, ob ich gestört sei. Das verneinte sie und versuchte, mir das Problem näher zu erläutern. Als ich den kompletten Sachverhalt verstanden und mich beruhigt hatte, bot sie mir ein wöchentliches Training mit ihr an, um diese Schwäche zu beheben. Bereitwillig stimmte ich direkt zu, und traf mich eine Woche später zur ersten Sitzung mit ihr, die im Schnitt zwei Schulstunden dauerten. In dieser Zeit las ich verschiedene Texte, schrieb Diktate und trainierte meine Rechtsschreibung, während andere Kinder ihre Freizeit genossen. Abgesehen vom Training an der Schule, musste ich verschiedene Aufgaben zuhause bearbeiten, die äußerst zeitintensiv und mühsam waren. Dennoch durchlief ich sieben Monate lang ihr Programm, und am Ende konnte sich das Ergebnis wirklich sehen lassen. Ich schaffte es, meine Fehlerquote so zu minimieren, dass ich kaum noch welche machte. Ich war mehr als erstaunt und dieser Frau zu großem Dank verpflichtet, denn sie hatte mir mit ein wenig Aufwand das Leben sehr erleichtert.
Es war eine der besten Entscheidungen, die ich je getroffen habe, und ich war stolz darauf, nicht aufgegeben zu haben, obwohl ich mir dafür den Rest der Schulzeit über das Lachen meiner Freunde anhören musste.

Das Aufgabenfeld eines Pädagogen umfasst nicht nur die Ausbildung eines Kindes oder Jugendlichen, sondern beinhaltet auch die Erziehung und Betreuung dieser Personen. Natürlich müssen auch die Eltern ihren Beitrag hierzu leisten, doch letztlich ist es die Lehrerschaft, die Schwächen und Stärken erkennen sollte. Sie besitzt die Ausbildung und das Wissen, diesen Kindern zu helfen, um ihnen dadurch eine bessere Zukunft zu ermöglichen.
Auf Glück sollte der Nachwuchs hierbei nicht hoffen, denn das trifft bekanntlich nur die wenigsten. Und obwohl ich einer dieser Glücklichen war, bin ich fest davon überzeugt, dass meine damalige Lehrerin nicht die erste Person an der Schule war, der meine Rechtschreibschwäche aufgefallen ist. Interessiert hatte sich bis dahin jedoch keiner für dieses Problem. Meine Grundschullehrerin begründete zu jener Zeit vielmehr meinen Fehlerquotienten durch das Heranwachsen mit zwei Muttersprachen. Eine Vermutung, mit der sie ganz einfach jegliche Verantwortung von sich wies, denn kein Ausländer mit wenig Schulkenntnissen hätte ihr hierbei widersprechen können. Infolgedessen nutzen auch viele Pädagogen genau diese Phrase bei Elternsprechtagen, um ausländischen Eltern die Rechtschreibschwäche ihrer Kinder zu begründen. Ein sehr einfacher und effektiver Weg, um Mehrarbeit von sich fernzuhalten.
Dennoch sollte hier der Fairness halber nochmal erwähnt werden, dass die Kenntnisse der deutschen Sprache bei vielen ausländischen Kindern häufig weniger umfangreich sein können als bei ihren deutschen Schulkameraden. Allerdings gilt dies nun mal nicht für alle, die mit zwei Sprachen aufwachsen.

3. Fair Play? Fehlanzeige!

Während meiner Schulzeit spielte ich leidenschaftlich gern Fußball. Bereits als ich sechs Jahre alt war, meldete mich mein Vater in einem Verein an, sodass ich mehrmals die Woche trainieren konnte. Zusätzlich dazu hatten wir einmal die Woche ein Fußballspiel, bei dem mein Vater nie fehlen durfte. Die Anweisung hierfür kam von meinem Trainer, dem durch die Anwesenheit meines Vaters eine deutliche Steigerung meiner Leistung aufgefallen war. Er wurde somit indirekt zum Assistenztrainer befördert, oder besser ausgedrückt, zu unserem Motivator. Und erstaunlicherweise verstand er sich sehr gut darin, mich und meine Mitspieler anzutreiben. Schlichtweg jede Aktion wurde von ihm mit Schreien und Fluchen kommentiert, und allein seine Blicke ließen mich nur noch schneller laufen. Verstanden haben zwar die wenigsten sein gebrochenes Deutsch, doch seine Methode führte letztlich zum erhofften Ziel. Denn meine Torquote erhöhte sich dadurch stetig, und machte mich mehrere Male zum Torschützenkönig unseres Vereins. Einen Preis dafür habe ich jedoch nie erhalten, obwohl jährlich eine Verleihung stattfand.

Als ich meinen Vater zu jener Zeit darauf ansprach, versuchte er mich davon zu überzeugen, dass ich mich mit Sicherheit verrechnet hätte. Er wusste jedoch zu diesem Zeitpunkt noch nicht, dass ich meine erzielten Tore wöchentlich in einen Kalender eintrug. Dadurch blieb ihm letztlich kein Vorwand mehr, und er erzählte mir die nicht beschönigte Wahrheit. Es fiel ihm damals sichtlich schwer, darüber zu sprechen, doch seine Aussagen waren klar und deutlich.

Der Preis ging jährlich an ein deutsches Kind, dessen Eltern im Verein involviert waren. Die Menge an erzielten Toren war hierbei irrelevant, solange sich die beteiligten Personen einig waren. Eine offizielle Liste oder Tabelle mit Namen wurde nie veröffentlicht, sodass keiner genau wusste, wie er abgeschnitten hatte. Auch mein Trainer kannte dieses Problem, konnte aber nichts an der Vereinspolitik ändern. Trotz allem hat mein Vater stets versucht, mich aufzuheitern und mir versichert, dass ich es später gerechter machen würde. Kein wirklicher Trost für ein Kind meines Alters, was mich jedoch nicht davon abhielt, Tore zu schießen, auch wenn das Erzielen dieser Tore nichts an meinen ausländischen Wurzeln ändern konnte.

Im Jahr 1997 meldete ich mich schließlich vom Fußballverein ab und konzentrierte mich nur noch auf die Schule. Erfreulicherweise erhielt ich im selben Jahr mit meinem Realschulabschluss die Qualifikation für die gymnasiale Oberstufe. Bis dahin eine kleine Meisterleistung für ein Immigrantenkind in Deutschland, doch ich wollte mehr.

Für die meisten Jugendlichen ist Sport ein sehr guter Ausgleich zum Schulalltag, der sie vom Stress befreit und ihnen ermöglicht, ihren Ehrgeiz zu entfalten. Dementsprechend ging auch ich sehr gerne zum Fußball, wobei mir die letzten Jahre mehr und mehr aufzeigten, dass auch der Sportsgeist nicht frei von Vorurteilen ist. Bei einem Freundschaftsspiel meiner Mannschaft bekam ich dies einmal hautnah zu spüren, als mein Gegner es schaffte, mir neunzig Minuten lang ausländerfeindliche Parolen an den Kopf zu werfen. Ein wirklich unangenehmes Gefühl, sich beim

Sport beleidigen zu lassen und trotzdem weiterspielen zu wollen. Glücklicherweise bekam der Schiedsrichter die Bemerkungen meines Mitspielers irgendwann mit und zeigte ihm die rote Karte.
Auch viele Fans nutzen die Gunst der Stunde, um ausländischen Spielern rassistische Sprüche an den Kopf zu werfen, was vor allem im italienischen Fußball an Beliebtheit gewonnen hat. Natürlich ist es sehr schwer für große Sportvereine, dies zu unterbinden, da es immer Menschen im Stadion geben wird, die sich nicht beherrschen können. Doch in kleineren Vereinen fallen solche Personen sehr schnell auf, womit die Möglichkeit besteht, diese auszuschließen und ein Zeichen zu setzen. Gleichwohl bedarf es für solche Maßnahmen engagierte Zuschauer, Spieler, Schiedsrichter und Vereinsmitglieder, die keine Angst haben, sich solchen Personen in den Weg zu stellen. Leider ist dies nicht selbstverständlich, wodurch es umso wichtiger erscheint, als gutes Beispiel voranzugehen. Vor allem jüngere Spieler würden sich solche Aktionen sehr schnell einprägen, was wohl bei den meisten eine gewisse Reife und Toleranz entstehen lassen würde.

Je gebildeter ich wurde, desto mehr fiel mir auf, welche Diskrepanz zwischen Deutschen und Ausländern herrschte. Ich sah die Welt nun mit anderen Augen und erweiterte meine Sicht der Dinge. In meinem Freundeskreis redeten wir nicht oft über solche Themen, und dennoch wurde mir mehr und mehr die soziale Ungerechtigkeit bewusst. Am stärksten machte sich dies am Wochenende bemerkbar, wenn ich mit meinen Freunden unterwegs war, denn es gab viele Bars und Diskotheken, in die wir nie reinkamen. Ohne Begründung verweigerte man uns immer wieder den Einlass. Es fiel jedoch auf, dass erstaunlicherweise nur der Großteil der ausländischen Jugendlichen Probleme hatte hineinzukommen. Da ich nicht an einen Zufall glaubte, fing ich kurze Zeit später damit an, die Türsteher direkt darauf anzusprechen. Und obwohl viele dieser Personen nicht antworteten, gab es vereinzelt Ausnahmen, die bereitwillig sagten: „Meinetwegen würdest du ja reinkommen, aber mein Chef hat mir verordnet, keine Ausländer reinzulassen.". Ich war die ersten Male immer ein wenig geschockt dies zu hören, dennoch fand ich mich dadurch in meinem Eindruck bestätigt.

Während meiner Abiturzeit wollte ich es jedoch genauer wissen, und sprach einen Polizisten in der Düsseldorfer Altstadt auf dieses Problem an. Dieser schaute mich auf meine Frage hin nur verachtend an und verdrehte alle mir bekannten Regularien, um mich zu provozieren: „Der Besitzer kann reinlassen, wen er will, und das auch propagieren, selbst an seine Wand kann er schreiben, dass manche Nationalitäten nicht reinkommen.". Für einen kurzen Augenblick fühlte ich mich in den Nationalsozialismus zurückversetzt und fragte den Polizisten, ob der denn wisse, dass wir 1998 haben. Wie erwartet, vereinfachte diese Frage das Gespräch natürlich nicht und ich ließ es einfach auf sich beruhen. Es ist allerdings hinzuzufügen, dass das kein ausgesprochen netter Beamter war und mit großer Wahrscheinlichkeit nicht die Meinung aller vertritt. Er hatte dennoch eine klare Aussage gemacht, die kein Mensch hätte missverstehen können.

Eine noch unangenehmere Begebenheit ereignete sich jedoch, als ich und meine Freunde mit Klassenkameradinnen aus meiner Abiturstufe unterwegs waren. Es

war ein Samstagabend, und wir befanden uns in einer Bar und bestellten Getränke bei einem Kellner. Kurze Zeit später kam diese Bedienung ohne Getränke zurück an unseren Tisch und flüsterte mir ins Ohr, dass wir den Laden verlassen sollen. Ich verstand eingangs nicht, was er meinte, bis er es mir nochmals erklärte. Der Besitzer möchte Leute wie euch nicht in seiner Bar haben und bittet euch, ruhig den Laden zu verlassen. Der Kellner war kreidebleich als er mir diese Sätze sagte und erwartete das Schlimmste. Ich drehte mich jedoch ruhig zu meiner Gruppe und erklärte ihnen die Situation. In der Zwischenzeit schauten uns bereits alle Menschen im Raum an, wodurch dieses Ereignis noch peinlicher für alle Beteiligten wurde. Meine Klassenkameradinnen waren entsetzt von diesem Rassismus, zumal sie beide deutsche Staatsbürgerinnen waren. Doch ich überzeugte sie davon, keine Szene zu machen, und wir verließen den Laden ohne weiter zu diskutieren. Ein Abend, der schlimmer nicht hätte sein können.
Durch solche Situationen steigerte sich mein Ehrgeiz nach Höherem zu streben immer weiter. Dieses Ziel wurde zu einer Art Sucht, was mir sehr oft den Spaß am Lernen raubte, doch es gab für mich keinen Ausweg mehr. Ich wollte einen Bildungsstand erreichen, der es mir ermöglichen sollte, allen Menschen mit solchen Ansichten entgegenzutreten, diese aufzuklären und vielleicht vom Besseren zu überzeugen. Aber auch der Gedanke daran, anderen ausländischen Kindern und Jugendlichen ein Vorbild zu sein, spornte mich dabei an. Bedauerlicherweise war dieser aus Zorn erwachsene Ehrgeiz mein größter Anreiz für meine täglichen Anstrengungen in der Schule. Ich erlebte den Zorn konkret als körperliches Gefühl, das

nur sehr schwer zu kontrollieren war. Glücklicherweise konnte ich mit dieser Eigenschaft sehr gut umgehen und die Energie in schulische Leistungen umwandeln. Doch ich verstand jene Ausländer immer besser, die sich von den Deutschen abkapselten und in ihrer eigenen Welt lebten. Es ist nun mal der einfachere Weg, mit dem es sich sicherlich sehr gut leben lässt, allerdings wollte ich mich nicht vor der Realität verstecken.

Die Jugend ist ein Lebensalter, in dem sich viele selbst entdecken und ihre Umgebung intensiver wahrnehmen. Dementsprechend fällt es in diesem Alter vielen ausländischen Jugendlichen auf, dass sie sehr oft anders behandelt werden als deutsche Jugendliche. Sei es beim Einlass in eine Diskothek, beim Einkaufen oder in der Schule. Diese ungerechte Behandlung und Diskriminierung erzeugt in vielen ein negatives Gefühl, das selbst die größte Anpassungsleistung unnütz erscheinen lässt. Dass solche Umstände zu kriminellen Handlungen führen können, ist ersichtlich, wenngleich ich kein Verständnis dafür habe.
Eine einfache Lösung für solche Probleme gibt es nicht, doch bereits der Versuch, keine Unterschiede bezüglich der Herkunft zu machen, ist ein großer Schritt in die richtige Richtung. Behandle ich alle gleich, erzeugt das Vertrauen und der Umgang miteinander wird verbessert. Die verstärkte Interaktion würde es vielen Jugendlichen darüber hinaus ermöglichen, Vorurteile abzulegen und zu erkennen, dass Aussehen, Kultur und Herkunft keine Faktoren für den Umgang miteinander sein sollten.

4. Der Ausländer macht Abitur

Meine Eltern gaben mir stets das Gefühl, den richtigen Weg eingeschlagen zu haben. Sie unterstützten mich in meiner Planung, halfen mir mit allem, was ihnen zur Verfügung stand, und ermutigten mich immer wieder weiter zu machen. Unaufhörlich wiederholten sie die Worte, dass mich ein besseres Leben erwartet, wenn ich es selbst in die obere Bildungsschicht schaffen würde. Ein Satz, den mit Sicherheit viele im Kindesalter zu hören bekommen.
Der Großteil meiner deutschen Mitschüler in der Oberstufe kam aus vornehmem Hause, ein Umstand, für den sich natürlich niemand schämen sollte. Doch diese Thematik sorgte bei mir immer für eine innere Unruhe, da ich ständig nach meinen Eltern und meiner Herkunft gefragt wurde. Die Frage an sich hatte keinen negativen Beigeschmack, allerdings gesellte sich dazu oft ein ganz bestimmter Blick, der in mir ein unangenehmes Gefühl hervorrief. Dennoch antwortete ich darauf stets mit Selbstsicherheit, dass ich aus einer Arbeiterfamilie komme und meine Eltern Italiener seien. Hinzugefügt habe ich meist, dass ich sehr stolz auf meine ausländischen Wurzeln bin. Diese Einstellung jedoch gefiel einigen Klassenkameraden nicht, wodurch sich nach kurzer Zeit viele von mir distanzierten. Zweifellos hätte ich mich in dieser Situation etwas zurückhalten oder verstellen können, aber ich denke, dass eine Freundschaft nur aus Offenheit und Ehrlichkeit entstehen kann.
Wie an einer Schule üblich bildeten sich auch bei uns nach einer Weile kleine Grüppchen, denen man sich anschließen konnte. Ich gesellte mich zu jener Zeit zur Gruppe der Unbeschwerten, die mit viel Spaß ihr

Abitur machten und deren Zukunft noch nicht vollständig definiert war. Eine Entscheidung, über die ich noch heute sehr glücklich bin, denn ich hatte dadurch stets viel Spaß im Unterricht und in den Pausen. Sicherlich erhoffte ich mir durch diese Gruppe auch höhere Erfolgschancen bei den Frauen. Allerdings wurden meine Träume bereits sehr früh zunichtegemacht, da sich viele Mädchen in der Oberstufe schlichtweg weigerten mich besser kennenzulernen. Das lag wohl hauptsächlich daran, dass viele von ihnen in mir den ultimativen Macho sahen, der jeden Tag aufs Neue mit seiner Keule auf die Jagd geht, um sein Wild zu fangen. Ein wirklich sehr schönes Klischee, das durch Vorurteile entsteht und nur schwer verändert werden kann. Zu Beginn meiner Oberstufenzeit störte mich dieses Fremdbild unheimlich, doch ich versuchte mit der Zeit, das Beste aus der Situation rauszuholen. Denn durch solche Hindernisse lernte ich, mich Problemen zu stellen, wodurch ich meine Sprachfertigkeit verbesserte und letztlich viele dieser Mädchen bereits mit wenigen Worten und Gesten beeindrucken konnte. Das Interesse an dieser Frauengruppe verringerte sich jedoch unterdessen, da es glücklicherweise auch Mädchen gab, die von vornherein südländische Jungen interessanter fanden, was den Arbeitsaufwand deutlich reduzierte.
In der elften Klasse nahm mich einmal ein Mädchen aus der Oberstufe mit zu sich nach Hause, doch je näher wir ihrem Elternhaus kamen, desto unruhiger wurde sie. Kurz bevor das Mädchen die Haustür aufschloss, hielt sie inne und sagte: „Mein Vater hat etwas gegen Ausländer.". Gleichwohl fügte sie im selben Augenblick hinzu, dass er bei mir eine Ausnahme machen würde, da ich in die Oberstufe ging

und kein typischer Ausländer sei. Völlig entsetzt schaute ich das Mädchen daraufhin an, und ich hatte in diesem Moment zwei Optionen. Meine Meinung zu sagen und auf einen schönen Abend verzichten oder mich ein Mal zurückzuhalten. Relativ schnell entschied ich mich für meine Triebe und drückte für diesen Abend ein Auge zu. Nichtsdestotrotz musste ich mich wenige Minuten später mit dem Vater unterhalten. Doch alles im Leben hat seine positiven Seiten, denn nur kurze Zeit später verschwanden wir im Zimmer und alles war wie vergessen.
Neben den außerschulischen Aktivitäten versuchte ich natürlich auch meine schulischen Leistungen zu verbessern. Dafür las ich sooft es ging Schulbücher, wodurch ich mir erhoffte, bessere Noten zu bekommen. Die Naturwissenschaften gehörten schon damals zu meinen Lieblingsfächern, wobei Mathematik während meiner Abiturzeit mein stärkstes Fach war. Als ich hier meine erste Eins bekam, war ich überglücklich und stolz auf mich, doch bereits in der Pause kam ein deutscher Mitschüler zu mir, der mir die Feierlaune verderben wollte. Eindringlich blieb er vor mir stehen, schaute mich an und sagte: „Du hast eine Eins in Mathe geschrieben?". Die Wut, die ich in diesem Moment empfand, war enorm, und ich hätte ihn am liebsten durch die Gegend geschleudert, doch ich antwortete mit einem leichten Lächeln: „Es muss schon komisch für dich sein, einen rechnenden Ausländer zu sehen, oder?". Erstaunt blickte er mich an und wurde ganz rot im Gesicht, denn diese Antwort hatte er nicht erwartet. Trotzig machte er sich davon und sprach angenehmerweise bis zum Ende der Oberstufe kein Wort mehr mit mir.

Als Sohn einer Arbeiterfamilie bekommt man nicht viele materielle Dinge mit auf den Weg, da hierfür schlicht und ergreifend das nötige Kleingeld fehlt. Doch der Erhalt von nicht-materiellen Dingen ist unbezahlbar, denn ich verdanke meinen Eltern nicht nur meinen starken Willen und den Mut, niemals aufzugeben, sondern auch meine soziale Ader und den Gerechtigkeitssinn — Eigenschaften, die mir in der Vergangenheit stets weitergeholfen haben.
Mein so entstandener Charakter erklärt zum Teil die starke Verbundenheit zu meiner Familie. Diese Verbundenheit ist generell für viele Ausländer und Arbeiterkinder sehr wichtig, da sie Rückhalt gibt und uns unvergessliche Momente schenkt. Umso erschreckender war es damals für mich zu hören, dass viele meiner deutschen Klassenkameraden diesen Familiensinn nicht besaßen. Bei ihnen ging es meist ums Ausziehen und Selbstständigwerden, wobei ständig abwertend über die Eltern gesprochen wurde. Diskussionen, die selbst mir als Außenstehendem zu respektlos erschienen, doch einen wirklichen Grund konnten die meisten hierfür nicht nennen. Sie gaben zwar stets an, sich gut mit den Eltern zu verstehen, jedoch wendeten sie oft ein, dass keine starke Verbundenheit vorhanden sei. Eine Behauptung, die mir noch heute unverständlich erscheint, denn wie ist es möglich, einer Person nahezustehen, ohne den Wunsch zu verspüren, diese zu sehen oder zu hören? Natürlich spreche ich hier nicht von Menschen, die in einer zerrütteten Familie groß geworden sind, oder allgemein Probleme mit der Verwandtschaft haben, da so etwas bekanntermaßen auch bei ausländischen Familien vorkommt. Ich spreche nur von Personen, die in einer gesunden Umgebung aufgewachsen sind

und dafür keinen Grund haben sollten. Aber vielleicht bin ich in dieser Hinsicht einfach zu verwöhnt und zu voreingenommen.
Bereits in meiner Kindheit hörte ich älteren Familienmitgliedern sehr gerne zu, wenn sie Geschichten aus der Vergangenheit erzählten. Sehr oft kam es hierbei vor, dass ich Erzählungen teilweise zum zehnten Mal hören müsste, aber es machte mir irgendwie immer wieder Spaß zuzuhören. Oft waren es Erinnerungen an vergangene Tage, als man keine Sorgen kannte, und die Welt noch heil zu sein schien. Eines hatten diese Geschichten gemeinsam — sie sind trotz der vielen vergangenen Jahre in den Köpfen geblieben. Meine Eltern erzählten solche Anekdoten früher mit einem Lächeln und viel Freude in den Augen. Leider sehe ich heute nur noch selten diese Freude, denn meist kommen sie erschöpft nach Hause und beklagen sich über Schmerzen und den harten Tag. Für einen Sohn oder eine Tochter ist es nicht einfach, mitanzusehen wie unglücklich die eigenen Eltern doch in Wirklichkeit sind. Meine Mutter begründet ihre abgekämpfte Erscheinung sehr oft mit den Worten: „Ich bin müde von der Arbeit und habe keine Lust mir abends noch ein Lächeln aufzusetzen.". Eine Äußerung, die ich sehr gut nachvollziehen kann, denn oft erscheint die Welt undankbar, und man fragt sich, wofür man sich sein Leben lang so angestrengt hat. Diese Frage stellten sich sehr oft auch meine Eltern, die ein Leben lang hart arbeiten mussten, um über die Runden zu kommen.
Meine Mutter hat mir gegenüber einmal erwähnt, dass sie sich für die geringe finanzielle Unterstützung während meines Studiums schämte — Besorgnisse, die ich sehr gut nachvollziehen kann, obwohl ich mir nie

etwas Schlechtes dabei gedacht habe, da Studierende mit Migrationshintergrund ihr Studium eher durch eigenen Verdienst finanzieren als deutsche Studierende.[3] Meine Eltern haben leider nie die Möglichkeit gehabt, höhere Sprünge zu machen. Und auch wenn es unsinnig klingen mag, danke ich meinen Eltern heute dafür, dass sie es mir nicht allzu einfach gemacht haben. Schließlich hat dies mich zum Menschen gemacht, der ich heute bin. Allerdings halfen meiner Mutter meine Worte damals nicht, um ihre Schuldgefühle zu schmälern.

Meine Eltern begriffen leider erst ziemlich spät, dass sie sehr oft im Leben hintergangen wurden. Ein trauriges Beispiel hierfür war ihr erster deutscher Versicherungsmakler, der ihre geringen deutschen Sprachkenntnisse ausnutzte und schamlos einen Versicherungsschutz verkaufte, welcher bereits durch andere Versicherungen gedeckt war. Den Nutzen dieser Versicherungen begründete er mit dem deutschen Rechtssystem und machte meinen Eltern weis, er sei unabdingbar. Nach einigen Jahren sprach und verstand meine Mutter besser Deutsch, wodurch sie die Policen genauer studieren konnte. Sie vereinbarte daraufhin einen Termin bei einem anderen Makler, der kaum glauben konnte, was sein Kollege meinen Eltern verkauft hatte. Glücklicherweise half er ihnen im Anschluss bei der Umstrukturierung der Versicherungen, doch an der Tatsache, dass sie etliche Jahre zu viel gezahlt hatten, konnte er nichts mehr ändern. Gutgläubigkeit kann eben sehr oft zum Verhängnis werden, und das mussten meine Eltern des Öfteren zu spüren bekommen.

---

[3] 9. Bericht der Beauftragten der Bundesregierung für Migration, Flüchtlinge und Integration über die Lage der Ausländerinnen und Ausländer in Deutschland 2012.

Inzwischen helfe ich meiner Mutter stets bei wichtigen Entscheidungen, obwohl ich mir sicher bin, dass sie es mittlerweile auch selbst könnte.

Während meiner drei Jahre auf dem Gymnasium wurde ich sehr oft von bestimmten Gesprächen ausgeschlossen. Meistens ging es bei solchen Diskussionen um politische oder wirtschaftliche Themen, die von meinen Klassenkameraden debattiert wurden. Des Öfteren wurde in solchen Diskussionen auch mit der Tätigkeit der Eltern angegeben, selbst wenn der Job unglaublich langweilig zu sein schien. Trotzdem war es vielen ein großes Bedürfnis, die Wichtigkeit der beruflichen Positionen zu erwähnen. Kam es dennoch vor, dass ich an solchen Gesprächen teilnahm, bemerkte ich, dass sich diese durch meine Anwesenheit strukturell veränderten. Und so schien es, als würde das Niveau der Unterhaltung meinetwegen plötzlich sinken — Ein wirklich unangenehmes Gefühl, der Grund für einen Niveau-Abfall zu sein, obwohl ich mich bis dahin nicht geäußert hatte.
Durch das Verhalten meiner deutschen Mitschüler fühlte ich mich auf eine merkwürdige Art und Weise diskriminiert. Dieses negative Gefühl und die geringe Anzahl an Ausländern in der Oberstufe erweckte in mir zu jener Zeit das Bedürfnis, mich zu beweisen. Dieser Drang verstärkte sich nochmals, als mir bewusst wurde, wie oft Dialoge nach dem gleichen Muster abliefen. Um das Spiel meiner Mitschüler mitzuspielen, schaute ich von diesem Zeitpunkt an zweimal täglich die Nachrichten, las Geschichtsbücher und machte mich schlau über politische und wirtschaftliche Themen. Wie besessen versuchte ich, Geschehnisse der Politik mit der Wirtschaft in

Verbindung zu bringen, um diese detailliert zu verstehen und wiederzugeben. Nach einer Weile verstand ich mich sehr gut darin, Gespräche an mich zu reißen und minutenlange Monologe zu führen. Ich war wie ausgewechselt und selbst von mir beeindruckt, doch glücklich machte mich diese Herangehensweise nicht. Gleichwohl konnte ich die Tatsache, für ungebildet gehalten zu werden, damals nicht auf mir sitzen lassen.

Noch heute frage ich mich immer wieder, ob es überhaupt einen richtigen Weg aus diesem Dilemma gab. Ich fühlte mich zu dieser Zeit machtlos und unsicher und die einzige Möglichkeit, die ich besaß, um mich zu verteidigen, war meine Bildung. So banal es auch klingen mag, Wissen schützte mich damals vor allem Übel. Denn ich konnte mich dahinter verstecken und viele negative Anmerkungen daran abprallen lassen, und so das Verlangen unterdrücken, lautstark meine Meinung über bestimmte Personen zu äußern.

Wie fast jeder in der Oberstufe hatte auch ich ein Fach, in dem ich Schwächen hatte. In meinem Fall war dieses Fach Deutsch. Es war nicht so, dass ich die Rechtschreibung oder Grammatik nicht beherrschte, sondern eher, dass mein Interpretationsstil den Deutschlehrern missfiel. Zur damaligen Zeit hatte ich eine Deutschlehrerin, die es sehr gut verstand, gerecht zu bewerten, wodurch ich es schaffte, in der elften Klasse meine Note "befriedigend" zu halten, was mir persönlich ausreichte. Schlechte Klausuren versuchte ich durch meine mündlichen Leistungen zu verbessern, und meinen Interpretationsstil suchte ich durch Interpretationshilfen zu modifizieren. Unglücklicherweise wurden in der zwölften Klasse die Kurse neu gemischt, und so kam es, dass ich für die letzten zwei Jahre einen anderen Deutschlehrer bekam. Dieser hatte die Gabe, mich zur Weißglut zu treiben und machte den Deutschkurs für mich zu einem Albtraum. Da Deutsch in der Oberstufe nur noch aus Interpretationen von Gedichten, Dramen und Romanen bestand, durchlief ich zwei qualvolle Jahre. Noch heute bin ich fest davon überzeugt, dass es sich nicht immer eindeutig sagen lässt, was der Autor mit seinem Text gemeint haben könnte. Doch es schien so, als hätte mein Deutschlehrer mit allen Dichtern und Denkern der deutschen Geschichte persönlich gesprochen. Als ich meine erste Klausur von diesem Lehrer zurückbekam war ich erstaunt über meine Leistung, denn auf sechs Seiten Text war nichts rot angestrichen worden. Ich hatte somit keinen einzigen Rechtschreib- oder Grammatikfehler in der Klausur gemacht. Auf der letzten Seite jedoch traf mich der Schlag, da ein schönes rotes „Mangelhaft" unter meiner Klausur stand. Zugegeben wollte ich im ersten Moment aufspringen und dem Lehrer die Klausur an den Kopf werfen, doch ich blieb ganz ruhig und meldete mich, als er sich erkundigte, ob noch jemand Fragen zur Klausur hätte. Gefühlte dreißig Minuten später bat er mich zu sprechen, und ich fragte ihn mit einem gelassenen Ton: „Haben sie meine Klausur eigentlich gelesen oder direkt die Note darunter geschrieben?". Sofort wurde es still in der Klasse und alle schauten mich geschockt an, doch ich hatte ihn genau dort, wo ich ihn haben wollte. Außer sich vor Wut fing er an mich zu beleidigen, und ließ seinem Denken freien Lauf: „Wie können sie Nichts die Frechheit besitzen, mir zu unterstellen, ich hätte was gegen Ausländer?". Lächelnd schaute ich ihm daraufhin in die Augen und sagte: „Wer hat denn was von Ausländerfeindlichkeit

gesagt?". Sein Gesicht wurde ganz rot und er war wie erstarrt und jedem im Raum wurde augenblicklich klar, dass die Note nicht meine Leistungen bewertete, sondern nur meine Herkunft. Kurze Zeit später verließ ich das Klassenzimmer und machte einen Termin bei meiner alten Deutschlehrerin. Ich gab ihr eine Kopie meiner Klausur und die dazugehörige Fragestellung, um in Erfahrung zu bringen, ob mir unrecht getan wurde. Zwei Tage später traf ich sie erneut, und sie versicherte mir, dass jede schlechtere Note als „befriedigend" reine Schikane wäre. In meiner Meinung bestätigt ging ich zum Direktor und erläuterte ihm den Vorfall. Doch die erwartete Unterstützung wurde augenblicklich zunichtegemacht, da dieser der Meinung war, dass jeder Lehrer anders bewertet und ich den Bewertungsmaßstab meines Deutschlehrers zu akzeptieren hätte. Frustriert ging ich den Rest des Jahres weiter zum Deutschunterricht und versuchte durch meine mündliche Leistung die Note zu verbessern.
Ich las jedes Buch noch intensiver als vorher, um möglichst oft am Unterricht teilzunehmen, doch den erhofften Lohn brachte meine Mühe nicht. Am Ende des Schuljahres stand ich schriftlich „fünf", und nur noch meine mündliche Note konnte mich retten. Alphabetisch begann der Lehrer die Notenliste vorzulesen, während die Schüler brav zuhörten. Erschüttert über die Notenvergabe stockte mir sehr oft der Atem, und ich konnte es kaum glauben, als ein deutsches Mädchen, das sich nie beteiligt hatte eine Eins bekam. In der Liste bei mir angelangt folgte aber auch schon der nächste Schock: „Sie bekommen eine Vier für Ihre mündliche Leistung!". Die Klasse fing daraufhin an zu tuscheln, und keiner im Klassenzimmer war der Meinung des Lehrers, weshalb alle gespannt auf mei-

ne Reaktion warteten. Allerdings blieb ich dieses Mal nicht ganz so gelassen wie bei der ersten Konfrontation. Wutentbrannt stand ich auf und schrie ihn vor der gesamten Klasse an, als hätte er alle Ausländer Deutschlands beleidigt. Niemals zuvor fühlte ich mich von einem Menschen so gedemütigt wie an diesem Tag. Ich drohte ihm mit rechtlichen Schritten und beschimpfte ihn als engstirnigen Rassisten. Worte, die auch meine Mutter Jahre vorher für mich einsetzen musste. Für einen kurzen Augenblick herrschte Stille, und ich ergriff die Gelegenheit, um das Klassenzimmer zu verlassen. Das anschließende Gespräch mit dem Direktor verlief auch etwas rauer als gewollt, denn auch ihn schrie ich hemmungslos an. Erfreulicherweise hatte der Schulleiter einen guten Tag und bestellte mehrere meiner Klassenkameraden zu sich ins Büro. Diese konnten letztlich allesamt bestätigen, dass die Note nichts mit meiner Leistung zu tun hatte, woraufhin ein gemeinsames Gespräch mit dem Deutschlehrer einberufen wurde.

Ohne die Unterstützung einiger Mitschüler hätte der Direktor mit Sicherheit meine Einwände abgelehnt, doch der Beistand hatte ihn zum Glück überzeugt. Die Note wurde meiner Leistung entsprechend angepasst und verbessert. Zwar war von nun an die Stimmung zwischen mir und meinem Deutschlehrer eher verhalten, doch das störte mich nicht im Geringsten. Meine Tat jedoch wurde nicht von den Göttern belohnt, da ich als Strafe jeden dritten Tag meinen Lehrer nackt in der Dusche sehen musste. Denn unglücklicherweise meldete er sich im gleichen Sportstudio an, was ich als Ironie des Lebens bezeichne.

Leider ist es sehr oft so, dass viele Ausländer es schwerer haben als Deutsche, sei es in der Schule oder im Berufsleben. Für eine Anerkennung ihrer Leistung sind sie gezwungen mehr zu erbringen als ihre deutschen Kollegen, und selbst dann ist es noch nicht gewiss, dass diese Leistung auch gewürdigt wird.

Und so machte einer meiner guten Freunde vor etlichen Jahren in einem deutschen Großbetrieb genau solch eine Erfahrung. Tag und Nacht arbeitete er hier an einer Idee, die durch eine einfache logistische Verknüpfung ein jährliches Einsparpotenzial von mehreren Millionen Euro für das Unternehmen einbringen sollte. Monate später war es dann endlich so weit: Er stellte sein Konzept im Betrieb vor, und nur kurze Zeit darauf wurde es bereits umgesetzt. Doch einen Dank von seinem Vorgesetzten und der Firma hat er bis heute nicht erhalten, nicht für seine Idee und auch nicht für seinen starken Willen. Seinem deutschen Kollegen allerdings erging es nicht so wie ihm, denn nachdem dieser es geschafft hatte, einen Preisnachlass von einem Cent auf jeden gekauften Rohstoff zu erhalten, konnte er sich vor Lob kaum retten. Beide Ereignisse fanden wohlgemerkt in etwa zur gleichen Zeit statt, doch um dieses Beispiel noch besser zu verdeutlichen, muss ich ein wenig Mathematik anwenden. Also rechnen wir uns das Ersparnis seines Kollegen für das Unternehmen einmal aus. Es werden jährlich ungefähr 1,5 Millionen Stücke von diesem Rohstoff im Betrieb benötigt. Bei einem Preisnachlass von einem Cent macht das ein Gesamtersparnis von 15000 Euro jährlich aus. Vergleichen wir diese Summe mit dem erzielten Ersparnis meines

Freundes, so kann jeder schnell erahnen, wie lächerlich dieser Vergleich eigentlich ist.

Es ist sehr wichtig, rational an solche Situationen heranzugehen, da es sich im Rausch der Tat sehr oft nicht objektiv denken lässt. Dies verhindert auch vorurteilshaft an die Angelegenheit heranzutreten und sich selbst als Opfer zu sehen. Diesen Weg schlug auch mein Freund ein. Er versuchte zuerst alle Fakten zu klären, um den Chef nicht vorschnell zu verurteilen. Im Anschluss vereinbarte er ein Gespräch mit seinem Vorgesetzten, um Klarheit zu schaffen. Als sein Gesuch kurz darauf erhört wurde, sprach er ihn diesbezüglich offen und ehrlich an, doch die Antwort, die er erhielt, war belustigend und schockierend zugleich: „Sie kommen doch aus einer Arbeiterfamilie, also arbeiten sie und meckern sie nicht immer!". Ich selbst muss zugeben, dass ich diesen Satz zu Beginn unglaublich lustig fand und selbst als mein Freund mir die Geschichte Jahre später nochmals bei einem Glas Wein erzählte, konnte ich meine Belustigung kaum zurückhalten. Denn sprachlich gesehen hatte sein Vorgesetzter nun mal recht gehabt, nichtsdestotrotz sollten solche Vorurteile nichts am Arbeitsplatz zu suchen haben.

Eine Leistung muss stets objektiv bewertet werden, sei es am Arbeitsplatz oder in der Schule, und niemand sollte das Recht besitzen sich selbst über andere zu stellen.

Einer meiner Leistungskurse während meiner Oberstufenzeit war Erdkunde, was im Nachhinein betrachtet eine wirkliche Fehlentscheidung von mir war, da dieses Fach mehr versprach, als es wirklich brachte, und von Jahr zu Jahr schlimmer wurde. Mein Erdkundelehrer war zudem noch ein wenig selbstverliebt und philosophierte den lieben langen Tag über Städteplanung, Wirtschaft und Politik. Da einer meiner Mitschüler Mitglied bei den Jungliberalen war, kam es stündlich zu einer Diskussion zwischen Lehrer und Schüler, während der Rest der Klasse sich in der Zwischenzeit selbst beschäftigen musste. Glücklicherweise war auch einer meiner besten Freunde in diesem Kurs, wodurch die Zeit gefühlt ein wenig schneller verging. Kam es dennoch mal zu Fragen des Lehrers, fiel auf, dass meine Antworten immer als falsch gewertet wurden, obwohl nur kurze Zeit später eine andere Person genau dasselbe von sich gab und mit seiner Antwort richtig zu liegen schien. Als ich dem ausgebildeten Pädagogen nach der Schulstunde einen Besuch abstattete, um ihn diesbezüglich zu befragen, versuchte er mir verständlich zu machen, dass meine Wortwahl bei der Beantwortung der Fragen einfach die falsche sei. Leider habe ich es während der drei Jahre stets versäumt, die Antworten aufzuzeichnen, wobei ich denke, dass dies auch nicht wirklich viel gebracht hätte.

Im letzten Jahr der Oberstufe sollten wir eine Projektarbeit zur Städteplanung in Erdkunde anfertigen und diese vor einem Beamten des Planungs- und Vermessungsamtes vortragen. Eine Aufgabe, die selbst mir Spaß gemacht hat, da wir den Hauptteil der Zeit außerhalb des Klassenzimmers verbringen durften. Insgesamt hatten wir vier Wochen für die Fertigstellung dieser Arbeit Zeit, bis sie letztlich vom Erdkundelehrer wie eine normale Klausur bewertet wurde. Ich investierte sehr viel Zeit in diese Arbeit, recherchierte in der Bibliothek und wertete meine Ergebnisse sorgfältig aus, in der Hoffnung, eine gute

Note zu erhalten. Doch am Ende wurde es nur eine Drei minus, was zugleich die schlechteste Note in der Klasse war. Die Enttäuschung saß tief, dennoch machte ich mich direkt ans Werk, um einen guten Vortrag für unseren Gast zu halten.

Als zwei Wochen später der Besuch in der Klasse saß, hörte er gespannt unseren Vorträgen zu und machte sich Notizen. Etwa zwei Stunden nach dem ersten Vortrag kam ich mit meiner Projektarbeit an die Reihe. Mein Lehrer stellte mich dem Gast kurz als den letzten Vortragenden vor, und schon ging es mit meinem Vortrag los. Etwa zehn Minuten später war der auch schon vorbei, und ich setzte mich zurück an meinen Platz. Das Wort wurde anschließend an unseren Besuch übergeben, der die beste Präsentation benennen und bewerten sollte. Zu diesem Zeitpunkt wusste ich jedoch noch nicht, dass er auch die Projektarbeiten von uns erhalten hatte und mit in die Bewertung einbeziehen musste.

Mit den üblichen Floskeln bedankte er sich bei allen Beteiligten, bis er kurz darauf auf mich zeigte und sagte: „Die beste Projektarbeit haben Sie angefertigt und vorgetragen!". Im ersten Moment dachte ich, es stünde noch jemand hinter mir und ich drehte mich um, doch es ging wirklich um mich. Er lobte meine Ideen und mein Konzept und wendete sich anschließend an den Lehrer, um meine Note in Erfahrung zu bringen. Dieser verstand die Welt nicht mehr und suchte verzweifelt nach einer passenden Ausrede, doch ich ergriff die Gunst der Stunde, um mich sarkastisch über ihn zu äußern: „Ich habe eine Drei minus für die Projektarbeit bekommen, doch das liegt nur an meiner falschen Wortwahl!". Der Beamte verstand die Notenvergabe für meine Arbeit nicht, und dummerweise konnte der Erdkundelehrer es ihm auch nicht so richtig erklären. Letztlich versicherte er dem Besuch, nochmals meine Klausur durchzugehen und die Note abzuändern, was er natürlich bis heute nicht gemacht hat. Dessen ungeachtet hatte ich zumindest die Bestätigung für meine erbrachte Leistung und konnte beruhigt meine Wortwahl beibehalten.

Als das Ende der Oberstufe nahte und die Abschlussprüfungen näher rückten, wurden nebenher unsere Abschlussfeier und ein Ball organisiert. Ich selbst hielt mich von den Organisationsteams fern und überließ anderen die Planung, da ich nach der Schule arbeiten musste und mir hierfür schlichtweg die Zeit fehlte. Die Entscheidung über das Motto unserer Feier wurde jedoch während der Schulzeit gefällt, wodurch auch ich die Möglichkeit hatte teilzunehmen. Jeder hatte hier das Recht, seine Idee zu nennen und mit ein wenig Glück die Wahl zu gewinnen. Gleichwohl waren die meisten Vorschläge einfach nur erschreckend und peinlich, denn von „Abi deine Mutter" bis „Abibaba" wurden fast alle Klischees abgedeckt, und die Stimmung selbst wurde von Minute zu Minute gereizter. Letztlich entschied sich die Mehrheit für ein Schneewittchen-Motto, das lächerlicher nicht hätte sein können, doch in einer Demokratie muss eben jeder die Entscheidung der Masse akzeptieren, und so machten wir uns ans Werk.

Die Abschlussfeier fand während der Woche statt und begann bereits in den frühen Morgenstunden. Es wurde gespielt, getrunken und gefeiert, wobei die Prüfungen noch vor uns lagen und sich jeder von uns wünschte, dass die Klausuren bereits geschrieben wären. Allerdings ging es schon am nächsten Morgen mit der Vorbereitung für die Abschlussprüfungen los,

und etwa drei Wochen später schrieb ich meine erste Arbeit. Die Klausurphase dauerte inklusive mündlicher Prüfung zirka vier Wochen und war für die meisten von uns ein hartes Stück Arbeit, dennoch überlebten wir alle diese Zeit und warteten anschließend gespannt auf unsere Ergebnisse. Als diese mitgeteilt wurden, war ich recht zufrieden mit meiner Leistung, da die Noten mit meinen Erwartungen übereinstimmten und es keine bösen Überraschungen gab. Erst im Moment der Verkündigung wurde mir klar, dass ich mein Abitur wirklich geschafft hatte. Ich rief direkt meine Eltern und meine besten Freunde an, um ihnen die erfreuliche Nachricht mitzuteilen, denn keiner von ihnen hatte jemals damit gerechnet, wodurch die Freude natürlich umso größer war. Mit stolzgeschwellter Brust machte ich mich auf den Weg nach Hause und ließ mich für den Rest der Woche von meinen Eltern verhätscheln, da ich irgendwie das Gefühl hatte, es verdient zu haben.
Eine Woche nach den Prüfungen fand der Abschlussball statt, zu dem auch die Eltern und Verwandten eingeladen waren. Bis zu diesem Zeitpunkt wusste ich jedoch noch nicht, ob ich mit meinen Eltern zum Ball gehen, oder lieber den Abend mit meiner Familie in einem Restaurant verbringen sollte. Letztlich entschied ich mich für das Restaurant und verpasste den Abschlussball meiner Klasse. Natürlich mag sich nun jeder die Frage stellen, weshalb ich nicht an dieser Veranstaltung teilnehmen wollte, doch eine wirkliche Antwort habe ich bis heute nicht. Damals gingen mir viele Dinge durch den Kopf, und eine meiner größten Sorgen war es, meine Eltern vor meinen Mitschülern und ihren Vorurteilen fernzuhalten. Ich wollte nicht riskieren, dass es ihnen so ergeht wie mir zu meiner

Oberstufenzeit, denn die Angst davor, dass andere Eltern und Kinder sich für etwas Besseres halten würden, war einfach zu groß. Diese Sorge wirft noch heute ein schlechtes Licht auf mich, denn es scheint so, als hätte ich mich für sie geschämt, und genau dies wirft meine Mutter mir heute noch vor. Es ärgert mich, dass ich mich durch meine Sorge um das Verhalten der anderen so stark in die Ecke habe drängen lassen. Ich bereue es noch heute, nicht hingegangen zu sein, und hoffe, dass meine Eltern wissen, wie unendlich stolz ich auf sie und meine Herkunft bin. Doch leider ändert dies auch nichts mehr an meiner damaligen Entscheidung.

Ich hatte die Möglichkeit, es besser zu machen als andere, und habe mich dennoch in meine eigene Welt verkrochen. Ein Fehler, der mich in die Nähe der Ausländer rückte, die sich in ihrer Kultur verlieren und der Integration entziehen. Genau diese Gelegenheiten sind es, die vielen Menschen erst die Augen öffnen, denn erst durch eine Begegnung und einen Dialog verschiedener Kulturen entstehen Verständnis und Toleranz. Mit Sicherheit wird nicht jeder dazu bereit sein, doch bereits eine kleine Gruppe ist ein Anfang. Diesen Gedanken sollte jeder mit sich führen, denn eine verpasste Chance gerät niemals in Vergessenheit.

5. Sicher ist sicher

Das Abitur hatte ich also hinter mich gebracht, und zwei Möglichkeiten standen mir nun zur Auswahl: direkt zu studieren oder vor dem Studium noch eine Ausbildung zu machen. Längere Zeit zerbrach ich mir darüber den Kopf, bis ich mich letztlich doch für eine Ausbildung entschied, wobei zwei Aspekte entscheidend für mich waren. Einerseits wollte ich während der Ausbildungszeit Geld für das Studium ansparen, da mir bereits vorher bewusst war, dass meine Eltern mich finanziell nicht hätten unterstützen können. Doch der weitaus wichtigere Punkt für mich war das Gefühl der Sicherheit, das mir eine abgeschlossene Ausbildung vermitteln konnte. Denn im Gegensatz zum Studium war eine Ausbildung für mich das weitaus kleinere Hindernis.

Das Streben nach Sicherheit ist ein Charakterzug, den viele zielstrebige Arbeiterkinder mit sich tragen. Jeder auch noch so kleine Schritt in die Zukunft wird hierbei akribisch geplant und durchdacht, und eine Abweichung von diesem Plan erzeugt ein Gefühl der Machtlosigkeit, die Angst und Panik entstehen lassen kann. Denn Personen aus bescheidenen Verhältnissen wissen ganz genau, dass sich Fehlentscheidungen fatal auswirken können, da eine finanzielle Absicherung schlicht und ergreifend nicht vorhanden ist. Natürlich hört sich diese Beschreibung erst einmal schrecklich an, denn welcher Mensch möchte unter diesen Umständen sein Leben planen. Doch es hört sich schlimmer an, als es in Wirklichkeit ist. Ich selbst trage dieses Gefühl noch heute mit mir herum und versuche bei jeder Entscheidung, alle Optionen für

mich abzuwägen. Es mag sein, dass dieser Aufwand nicht immer vonnöten ist, doch ich fühle mich dadurch einfach besser und sicherer. Wie diese Eigenschaft letztlich entstand, ist mir noch heute nicht vollständig bewusst, jedoch gehe ich fest davon aus, dass Fehlentscheidungen meiner Eltern und soziale Ungerechtigkeiten ihren Beitrag dazu geleistet haben. Für viele mag dieses Sicherheitsempfinden übertrieben besorgt scheinen, doch ich bin der Ansicht, dass ich lieber mehr Zeit für eine Entscheidung aufwende, als den Rest meines Daseins mit den Konsequenzen zu leben. Denn vor allem in der heutigen Zeit, wo alles schneller, besser und effektiver sein muss, kann eine Fehlentscheidung beträchtliche Folgen haben.
Diese Strukturierung meines Lebens ist dennoch nicht immer positiv zu bewerten, da der Versuch der perfekten Planung die Glücksmomente erreichter Ziele um ein Vielfaches schmälern kann. Ich selbst konnte dadurch in der Vergangenheit einige der schönsten Momente meines Lebens kaum genießen, da das nächste Ziel bereits an die Tür klopfte.

Bei der Suche nach einem geeigneten Ausbildungsplatz verschickte ich insgesamt drei Bewerbungen, wobei mir im Anschluss zwei Stellen angeboten wurden. Beide Positionen gefielen mir sehr gut, doch letztendlich entschied ich mich für eine Chemielaborantenstelle im öffentlichen Dienst. Bis zur Zusage hatte ich absolut nicht damit gerechnet, eine Offerte zu erhalten, da während des Gesprächs mein Handy klingelte und die Mitarbeiter der Personalabteilung nicht wirklich darüber erfreut waren. Allerdings waren die Wissenschaftler im Raum recht amüsiert, was mir vermutlich zur Stelle verhalf. Und so kam es,

dass etwa zwei Wochen nach dem Bewerbungsgespräch mein Vertrag unterzeichnet wurde. Die Freude meiner Eltern war groß, und selbst ich konnte es kaum abwarten, endlich anzufangen.
Die Ausbildungszeit war eine wirklich anstrengende Zeit, da ich neben meiner Lehre zwei- bis dreimal die Woche als Kellner arbeitete, um möglichst viel Geld für das Studium anzusparen. Gleichwohl erlebte und lernte ich in dieser Zeit sehr viele Dinge, die mich geprägt haben. Einer der wohl schönsten Momente für mich war das Betreten eines Laboratoriums — nichts Verwunderliches, da ich eine Ausbildung zum Chemielaboranten machte. Trotzdem fühlte ich mich in diesem Augenblick wie neugeboren, ich verliebte mich sozusagen in jedes einzelne Reagenzglas. Meine Eltern fanden es damals ein wenig albern, wie ich mich benahm, konnten sich aber dennoch in meine Lage hineinversetzen, da ich genau das machte, was mir gefiel. Ich lernte vieles über Naturwissenschaften und bemerkte recht früh, dass mein Wissensdurst mich überaus glücklich machte und mich drängte, immer mehr zu erfahren.
Aufgrund meiner Erfahrungen in der Oberstufe und dem erworbenen Wissen fiel es mir damals leicht, bei Gesprächen, die Mitarbeiter untereinander führten, mitzureden. Ich konnte mich sehr gut artikulieren, und verstand es, respektvoll mit meinen Mitmenschen umzugehen. Recht schnell bemerkte ich zu jener Zeit, dass viele gebildete Menschen einen Ausländer anders behandeln, wenn dieser ein ähnliches Bildungsniveau hat.
Ein Kollege sagte mal zu mir, dass er vorher nur sporadisch Gespräche mit Ausländern geführt hatte und ich der erste Ausländer sei, mit dem er sich

wirklich mehr als zehn Minuten unterhalten hätte. Schockiert schaute ich ihn nach seiner Äußerung an, da er genau wie ich aus Nordrhein-Westfalen kam, einem Bundesland, in dem nicht wirklich wenige Ausländer leben, was die Zweifel an seiner Aussage natürlich vergrößerte. Zwar stellte sich in den Folgegesprächen heraus, dass er eine Privatschule besucht hatte und aus gutem Hause kam, doch merkwürdig wirkte das Ganze dennoch auf mich. Im Laufe der Zeit wurde die Freundschaft zwischen uns immer enger und die Gespräche folglich immer offener. Er erzählte mir von seiner Erziehung, seinen Eltern und den vielen Verwandten, die ihm die Ausländer geradezu als Teufel beschrieben hatten. Denn bereits während seiner Kindheit bekam er von diesen gesagt, dass er keinen engeren Kontakt zu ausländischen Kindern haben solle, da diese ihn nur vom rechten Weg abbringen und in Schwierigkeiten bringen würden. Recht harte Worte an ein Kind, das noch nichts von Problemen versteht und nur ans Spielen denken sollte. Wie stark einen die Kindheit prägt, merkt man erst, wenn man als Erwachsener in die eigene Vergangenheit zurückblickt.

Er beschrieb mir seine Geschichte weiter und es kristallisierte sich heraus, dass er in seiner Jugend bewusst Gesprächspartner ausländischer Herkunft mied und somit keine längeren Gespräche zustande kommen konnten. Darüber hinaus besuchten kaum Ausländer die Privatschule, was die Aussagen der Eltern festigte und ihr Bild von Ausländern bekräftigte. Somit wurde bereits in seiner Kindheit eine Abgrenzung geschaffen, die viele mögliche Bekanntschaften von vornherein verhindert hat.

In meiner dreijährigen Ausbildungszeit schaffte ich es dennoch seine Sichtweise zu ändern und ihm die Augen zu öffnen, so dass wir gute Freunde wurden. Während dieser Zeit lud er mich sehr oft zu sich nach Hause ein, doch hingegangen bin ich nie. Denn die Angst, ein Gespräch mit seinen Eltern zu beginnen, was aller Voraussicht nach im Streit geendet hätte, war einfach zu groß, und ich wollte damals die Freundschaft nicht aufs Spiel setzen. Er verstand meine Angst und begriff den Unmut, den ich empfand. Eine Missstimmung, die sich bei vielen Ausländern im Laufe des Lebens anstaut und kein wirkliches Zugehörigkeits- oder Integrationsgefühl entstehen lässt.

Während meiner Ausbildung wurde mir eine Sache sehr deutlich, die ich so vorher nie wahrgenommen hatte, und zwar die Unterscheidung vieler Deutscher zwischen Ausländern und AUSLÄNDERN. Ein Gesichtspunkt, der mir zum ersten Mal bei einem Gespräch zwischen zwei Kollegen auffiel. In dieser Unterhaltung ließen sie ihren Gefühlen und Gedanken freien Lauf, und redeten über Türken und Marokkaner. Dabei sprachen sie mit einer Offenheit, die mich regelrecht erschrak, zumal jeder in diesem Raum wusste, dass auch ich ein Ausländer bin. Diese Tatsache jedoch schien keinen zu stören, bis ich ihnen ins Wort fiel und die Türken und Marokkaner in Schutz nahm. Blitzartig wurde es leise im Raum, und einer der beiden sagte: „Wenn wir über diese Sorte von Ausländern sprechen, dann sind die Italiener beziehungsweise Europäer nicht damit gemeint, es geht nur um die islamischen Länder!". Im ersten Augenblick fehlten mir die Worte, und ich war einfach nur fassungslos. Verlangten diese Menschen wirklich von mir, darüber begeistert zu sein, ein Ausländer und kein AUSLÄNDER zu sein?

Wie viele Male zuvor nahm ich auch in dieser Situation meinen Mut zusammen und ging den schweren Weg. Hierbei versuchte ich, ihnen klarzumachen, dass die einzigen Unterschiede in der Religion und Kultur lagen und wir selbst über deren Gewichtung entscheiden würden. Leider geriet ich durch meine Äußerungen mit vielen Menschen in Konflikt, doch einfach wegzuhören war nie eine Option. Gestört hat mich das Ganze letztlich auch nicht, da diese Thematik angesprochen werden musste. Getreu dem Sprichwort: „Lieber alleine als in schlechter Begleitung.".

Diese Diskussion allerdings beschrieb eine interessante Thematik, nämlich das Leben in einer Dreiklassengesellschaft. Ein Denken, das scheinbar viele Menschen in Deutschland gutheißen und akzeptieren. Die Unterteilung in die verschiedenen Klassen findet hierbei nach folgendem Schema statt. Zur ersten Klasse zählen Deutsche, und zum Teil Personen die einen deutschen Ausweis besitzen, wobei die deutsche Staatsbürgerschaft nicht für jeden Deutschen zwangsläufig bedeutet, auch wirklich Deutscher zu sein. Somit existieren Grauzonen, die unterschiedlich interpretiert werden können, da viele solche Menschen auch zur zweiten Klasse zählen. Zu dieser gehören europäische und andere westlich orientierte Ausländer, während die letzte Klasse mit Menschen aus den islamischen Staaten und dem Rest der Welt gefüllt wird. Für viele schwierig wird es jedoch, wenn beispielsweise ein Marokkaner einen deutschen Ausweis besitzt. Manche sehen hierin kein Problem und ordnen diese Person in die erste Klasse ein,

andere wiederum machen keinen Unterschied und beharren auf die dritte. Standardmäßig fällt diesbezüglich des Öfteren die Bemerkung: „Die sind anders als wir!". Eine Vorstellung, die selbst diejenigen, die solche Aussagen machen, nicht näher erläutern können, ohne ins Stottern zu kommen oder wütend zu werden. Natürlich ist dieses Denkschema nicht auf alle Deutschen übertragbar, doch ich bin mir absolut sicher, dass den meisten solche Gedanken schon einmal durch den Kopf gegangen sind. Allerdings wird sich dies niemals bestätigen lassen, da Scham und Angst uns dies lieber leugnen lassen. Bevor jedoch alle Nicht-Deutschen aufspringen und sich in ihrer Meinung bestätigt fühlen, würde ich gerne noch in den Raum werfen, dass viele Menschen, auch die Ausländer in Deutschland, diese oder ähnliche Unterschiede machen und in Schubladen denken. Recht bedauernswert, sich vorzustellen, dass jeder von uns so ein Denken mitgegeben bekommt und nur schwer wieder loswird.
Sehr oft erzählen mir meine Eltern heute, dass es früher nicht ganz so schlimm mit der Ausländerfeindlichkeit war. Hierbei erwähnen sie Menschen, die ihnen halfen, sich in Deutschland einzufinden, wodurch auf den ersten Blick alles recht positiv erscheint. Die Erzählungen meiner Eltern über ihre Erfahrungen jedoch zeigen, dass der letzte Satz im Gespräch immer mit den Worten endet: „Damals wurden wir ja gebraucht!". Und genau diese Worte sind es, die das Ganze negativ erscheinen lassen. Denn ist ein Mensch nur dann willkommen, wenn man seine Hilfe benötigt?
Allgemein bekannt ist, dass Feindseligkeit gegenüber Ausländern erst dann verstärkt auftritt, wenn eine

hohe Arbeitslosigkeit vorherrscht. Infolgedessen gehen viele den Weg des geringsten Widerstandes und suchen die Schuld bei den ausländischen Mitbürgern. Die Bevölkerung im Allgemeinen dafür verantwortlich zu machen wäre in diesem Fall Hochverrat und eine Auseinandersetzung mit der Politik im Lande ist den meisten Menschen einfach zu viel Arbeit. Dieser Prozess vollzieht sich meist sehr schnell und bedarf keiner langen Überlegung, denn fremdenfeindliche Menschen denken ungern nach.
Das Gehirn vieler Menschen arbeitet bedauerlicherweise nur wenige Minuten auf Hochleistung, bis der ganze Glukosevorrat im Körper aufgebraucht ist und letztlich der Satz fällt: „Die Ausländer nehmen uns die Arbeitsplätze weg!". Leider ruht dieser Gedanke in vielen von uns, auch wenn die Öffentlichkeit es tunlichst vermeidet, darüber zu sprechen. Viele Länder lassen es aber erst gar nicht so weit kommen, denn sie schließen einfach ihre Grenzen und bitten von vornherein nur Menschen ins Land, deren Hilfe sie auch wirklich benötigen. Die USA beispielsweise verteilen Greencards und erhalten kann man diese in den meisten Fällen nur, wenn man einen Beruf erlernt hat der in den USA Mangelware ist oder ein anderes Interesse des Landes besteht. Von einer deutschen Greencard habe ich persönlich noch nie etwas gehört, doch dies hängt natürlich mit der deutschen Geschichte zusammen, wodurch die Bundesrepublik noch heute ständig unter Beobachtung steht, obgleich auch bei uns langsam eine Selektion stattfindet. Von einer Ausgrenzung jedoch sind wir noch weit entfernt, was ich persönlich wirklich gutheiße.
Selbstverständlich muss ein Staat stets dafür sorgen, den Lebensstandard der Bevölkerung aufrechtzuerhal-

ten, doch sollte niemand vergessen, dass zur Bevölkerung nicht nur Menschen mit deutscher Staatsangehörigkeit zählen, sondern auch Personen mit Migrationshintergrund. Diese Bevölkerungsschicht hat viel zur Gesellschaft beigetragen, und dies sollte auch von Menschen mit fremdenfeindlichen Denkansätzen verinnerlicht werden.

Bereits während meiner Ausbildung dachte ich über mögliche Studienfächer nach, und ständig überlegte ich mir, was genau das Beste für mich sein könnte. Ich war mir damals schon darüber im Klaren, etwas mit Naturwissenschaften machen zu wollen, doch die genaue Fachrichtung stand noch nicht fest. Also las ich verschiedene Studienratgeber und verschaffte mir so einen besseren Überblick. Wie viel Zeit ich dafür investiert habe, weiß ich leider nicht mehr so genau, ich bin mir jedoch ziemlich sicher, dass ich zu jener Zeit alle naturwissenschaftlichen Studiengänge in Deutschland kannte. Selbst das Angebot, Pharmazie bei der Bundeswehr zu studieren, zog ich in Erwägung, allerdings stellte sich mir dort erstmalig eine Hürde auf dem Weg.

Das Studium bei der Bundeswehr erfordert die deutsche Staatsbürgerschaft, ein Hindernis, was ich ohne Weiteres hätte überwinden können, doch leider war ich damals nicht bereit, mich einbürgern zu lassen. Zweifellos fand mein gesamtes Leben in Deutschland statt und ich hatte keinen richtigen Bezug zu Italien, aber irgendwie fühlte ich mich früher nicht gänzlich zugehörig. Denn ich sah nicht aus wie ein Deutscher, und die Menschen behandelten mich auch nicht wie einen, wodurch mir eine Einbürgerung einfach nicht richtig vorkam.

Die Zugehörigkeit zu einem Staat sollte nicht durch mögliche Vorteile entschieden werden, sondern vielmehr aus dem Gefühl heraus, ein Teil des Landes zu sein. Integration bedeutet für mich auch nicht zwangsläufig, Deutscher zu sein, da ein Mensch sich ohne Weiteres in Deutschland zuhause fühlen kann, ohne das Land als solches anzunehmen. Aus diesem Grund verwarf ich zu diesem Zeitpunkt relativ schnell diese Idee, obgleich genau dieser Moment der Startpunkt meiner Gedanken über eine mögliche Einbürgerung war.

Als ich vierzehn Jahre alt war, verbrachte ich den Hauptteil meiner Freizeit mit Freunden in der Innenstadt oder auf dem Fußballplatz, und wir genossen so die Unbeschwertheit der Jugend. Des Öfteren fielen uns jedoch die Blicke deutscher Mitbürger auf, die zum Teil verachtend und beängstigend waren. Anfangs verstand ich dieses Verhalten nicht und sorgte mich nicht weiter über die Bedeutung. Allerdings riefen solche Blicke und Verhaltensweisen in mir, je besser ich sie einzuordnen wusste, ein immer unangenehmeres Gefühl hervor, wodurch es zunehmend anstrengender für mich wurde, das Benehmen dieser Menschen zu tolerieren.
Das Verhalten mancher Deutschen wurde zu einer wirklichen Belastung für mich, und es war traurig mitanzusehen, wie Personen bewusst die Straßenseite wechselten, um einen möglichst großen Abstand zu uns zu halten. Selbst das Verhalten vieler deutscher Verkäufer grenzte an Diskriminierung, da von allen Kunden nur wir als Ausländer unter Beobachtung standen. Ein wirklich seltsames Gefühl, bereits beim Betreten des Ladens als Dieb abgestempelt zu werden.

Nichtsdestotrotz versuchten meine Freunde und ich diese Momente so gut es ging auszublenden, schließlich wollten wir den Nachmittag genießen und uns nicht verärgern lassen. Diese Einstellung konnte den Zorn über solche Menschen aber nicht immer verhindern, und so kam es ab und zu vor, dass ich genau jene Augenblicke nutzte, um diese Personen bloß zu stellen. Zu diesem Zweck sprach ich sie lautstark vor allen Kunden im Geschäft an und fragte: „Haben sie etwas gegen Ausländer?". Mir war natürlich bewusst, dass genau diese Frage viele Deutsche verlegen und unsicher macht, doch der Wunsch danach, sie ihre Fehler spüren zu lassen war einfach größer als mein Mitgefühl, denn schließlich mussten wir uns fast täglich ihren Blicken und Vorurteilen stellen. Glücklicherweise verschlug es den meisten immer die Sprache, wodurch sich mein Gemüt stets beruhigen konnte. Dennoch warf mich die Einstellung mancher Deutschen immer wieder zurück, und ich fühlte mich zeitweilig nicht willkommen. Mit Gewissheit kann ich heute sagen, dass genau solche Szenarien daran schuld waren, dass ich mich damals nicht als deutschen Staatsbürger gesehen habe. Eine Einstellung, die sich bis zum Studium nicht ändern sollte.

Im letzten Jahr meiner Ausbildung stand die Entscheidung für mich fest, Chemie zu studieren, und mich später in Richtung medizinische Chemie zu spezialisieren. Somit war der größte Schritt in meinem Kopf getan, und ich konnte mich auf die Abschlussprüfungen der Ausbildung konzentrieren. Erfreulicherweise wurde mir noch vor meinen Prüfungen zur Überbrückung der drei Monate zwischen Ausbildung und Studium ein Vertrag zur Weiterarbeit angeboten, welchen ich dankend annahm. Gefeiert habe ich das Bestehen der Prüfungen nicht, da ich gedanklich bereits im Hörsaal saß und mitschrieb. Gleichwohl erlebte ich in den letzten drei Monaten vor meinem Studium eine sehr schöne und lehrreiche Zeit, da mein damaliger Vorgesetzter ein promovierter Chemiker war, der es wirklich liebte, über Chemie zu philosophieren, und mir unendlich viele Ratschläge für das Studium mitgab. Ich hörte ihm sehr gerne beim Erzählen zu, wenngleich mir eine Geschichte aus seiner Studienzeit wirklich Angst bereitete. Denn während seiner Promotion erlitt er einen schweren Schlaganfall, der eine halbseitige Lähmung zur Folge hatte. Doch diesem Menschen gebührte stets mein voller Respekt, da er trotz aller Erschwernisse seine Dissertation abgeschlossen hat. Ein Wille, der mittels Liebe zur Chemie nicht zu bändigen war, und der mir zeigte, dass man nie aufhören sollte, an sich zu glauben.

Das Besondere für mich an diesem Menschen war, dass er in mir keinen Ausländer sah, sondern nur einen jungen Mann mit großen Zielen. Ein Bild, das mir sehr gut gefiel, weil es frei von Vorurteilen war.

6. Angst zu versagen

Beflügelt durch die Weiterbeschäftigung und die ermutigenden Worte meines alten Vorgesetzten endete meine Zeit in der Ausbildungsstätte, und ich war bereit für den nächsten großen Schritt, mein Studium. Es war der Beginn einer Etappe, die meine Einstellung zu Deutschland und den Deutschen komplett ändern sollte. Und das auf eine Weise, die ich mir Jahre zuvor niemals hätte vorstellen können.
Als ich zum allerersten Mal die Hochschule betrat, überkam mich ein Gefühl der Freiheit. Ich hatte es wirklich aus der Arbeiterschicht heraus geschafft und bin meinen Weg gegangen, ohne mich vom Misstrauen anderer schwächen zu lassen. Zu gern hätte ich in diesem Augenblick den Gesichtsausdruck meiner Grundschullehrerin gesehen und ihr im Anschluss meine Meinung gesagt, doch dieser Wunsch ging leider bis heute nicht in Erfüllung. Stattdessen entstand aus diesen intensiven Eindrücken plötzlich Angst, die fortan mein ständiger Begleiter werden sollte.
Die Furcht zu versagen und in Demut zurückzukehren ging mir nicht mehr aus dem Kopf, und bei jeder meiner Handlungen bekam ich sie zu spüren. Ich stellte mir unzählige Situationen vor, in denen ich mich hätte rechtfertigen müssen, und hörte schon die Vorwürfe und das Gelächter über mein Versagen im Studium. Doch schlimmer für mich war der Gedanke daran, dass meine Eltern von Freunden und Bekannten verspottet werden würden. Belustigungen über ihren ach so tollen Sohn hätten mit Sicherheit die nächsten Geburtstage geprägt und alle bisher erreichten Ziele vergessen gemacht, aber soweit wollte ich es nicht

kommen lassen. Ironischerweise halfen mir hierbei die Vorstellungen selbst, denn durch diese entwickelte ich eine Kraft, die mich immer weiter antrieb. Allerdings ist dieser Ansporn auf Dauer der falsche Weg, da er zu einer Belastung werden kann, und ganz losgeworden bin ich diesen bis heute nicht.
Mit Beginn des Studiums lernte ich viele neue Menschen kennen, wobei der Hauptteil dieser Personen aus gutem Hause mit Akademikern in der Familie stammte. Gleichwohl verhielten sich die meisten von ihnen nicht wie meine Mitschüler aus der Oberstufe, denn sie waren im Vergleich zu diesen viel kollegialer und weltoffener, ein Faktor, der sie auf Anhieb sympathischer machte. Besonders erfreute es mich jedoch, Studenten anzutreffen, die sich genau wie ich aus der Arbeiterschicht nach oben gekämpft hatten. Zweifellos fühlte ich mich anfänglich von diesen Personen stärker angezogen, doch diese Gruppe sollte nicht mein sicherer Rückzugsort im Studium werden. Denn ein Studium sollte den Wissensaustausch aller fördern und nicht nur einzelner Parteien, wodurch diese Herangehensweise die völlig falsche gewesen wäre. Daher versuchte ich, so gut es ging, Kontakt zu allen Kommilitonen zu halten, wenngleich natürlich Sympathie und Antipathie einen Teil beitrugen.
Das Studium selbst war kein Zuckerschlecken und kostete mich viel Zeit und Arbeit. Ich lernte unermüdlich für jede Prüfung und versuchte, jede Klausur zum angesetzten Datum zu schreiben, mit der Absicht, in der Regelstudienzeit zu bleiben und möglichst schnell ans Ziel zu kommen. Der Preis, den ich für diesen Fleiß zahlen musste, war groß, da ich langsam im Spagat zwischen Studium und Arbeit den Kontakt zu vielen Freunden verlor, und ich gewissermaßen keine

Freizeit mehr hatte. Doch auch wenn es hart klingen mag, für die meisten Ziele im Leben müssen Opfer erbracht werden, weshalb ich zu meiner Entscheidung stand und beharrlich weitermachte.

Das Grundstudium war die anstrengendste Phase meines Studiums, da ich hier neben dem Besuch von Vorlesungen, Seminaren und dem Ableisten von Praktika die restliche Zeit des Tages nutzte, um Protokolle zu schreiben und mich auf die Klausuren vorzubereiten. Zusätzlich hierzu musste ich — wie einige meiner Kommilitonen auch — nebenbei arbeiten, um mein Studium zu finanzieren. Das Wochenende war dementsprechend meist auch verbucht, und nur selten konnte ich entspannen. Allerdings ist das nichts Ungewöhnliches in den Naturwissenschaften, da zeitintensive Praktika den Hauptteil des Studiums einnehmen und unabdingbar sind, denn sie vermitteln den zukünftigen Wissenschaftlern das handwerkliche Verständnis. Und genau diese praktische Arbeit macht den Unterschied zu anderen Studiengängen aus, und erklärt, wieso in der Bibliothek meist rausgeputzte Wirtschaftsstudenten vorzufinden sind. Das weiß ich deshalb so genau, weil einer meiner guten Freunde solch ein Student war und täglich mit Hemd, Jeans und feinen Schuhen zur Universität kam. Dass er darüber hinaus noch die Zeit fand, wie ein Parfümerieladen zu duften und seine Haare perfekt zu stylen, machte selbst mich manchmal sprachlos. Gelegentlich traf ich diesen Freund auf dem Campus, wobei er fortwährend mein Äußeres musterte und mir lächelnd empfahl, etwas anderes zu studieren. Natürlich hätte auch ich fein gekleidet in die Labore gehen können, doch das wäre auf Dauer einfach zu teuer und zu unbequem gewesen.

Umso besser verstand ich jedoch zu dieser Zeit das Bild, das die Gesellschaft von Naturwissenschaftlern hat: schlecht gekleidete, gesellschaftlich isolierte Erfinder, die im Labormantel versuchen, die Welt zu retten. Ein richtiges Studentenleben, wie man es in Filmen sieht, hatte ich daher nie, doch das kann auch daran liegen, dass ich im ersten Semester meine heutige Frau kennenlernte und voll und ganz zufrieden war.

Die Seminare waren eine sehr hilfreiche Methode, um den umfangreichen Stoff der Vorlesungen zu verinnerlichen, da hierfür relevante Themen besprochen und Aufgaben dazu bearbeitet wurden. Meist waren diese auch mit sehr viel Spaß verbunden, wenngleich mir ein Seminarleiter eher negativ in Erinnerung geblieben ist, da dieser sich ein Vergnügen daraus machte, uns zu schikanieren. Zu diesem Zweck holte er sich Studenten an die Tafel, die sich nicht gemeldet hatten, und machte sie bei falscher Antwort vor den anderen nieder. Die wahrscheinlich einfältigste Äußerung von ihm endete mit den Worten: „Wenn sie Wissenschaftler werden möchten, dann ist es wohl nicht zu viel verlangt, diese Aufgabe zu lösen; allein das Nachkochen von Präparaten macht sie zu keinem Chemiker, denn das kann sogar meine türkische Putzfrau!". Noch im selben Moment fing er laut an zu lachen und schaute in den Raum, in der Hoffnung die Belustigung in unseren Gesichtern zu sehen, doch erstaunlicherweise lachte keiner von uns.

Je belesener ein Mensch ist, desto größer sollte sein Verständnis für die Wahl seiner Worte sein. Diese Meinung vertrete zumindest ich und glücklicherweise auch meine damaligen Kommilitonen. Allerdings

zeigen viele Gesten und Handlungen von Menschen aus meiner Vergangenheit, dass Verständnis nichts ist, was in Büchern steht, sondern erst durch Erfahrung erlernt werden kann. Somit versteht eine Person mit viel Kontakt zu ausländischen Mitbürgern oder Leidtragenden mehr von Verständnis, als diejenigen, denen solche Menschen gänzlich unbekannt sind. Denn bei diesen fallen unpassende und beleidigende Worte meist, ohne im Entferntesten darüber nachzudenken. Ich selbst frage mich nach solchen Äußerungen stets, wie jemand, der die Geschichte des Dritten Reichs kennt, noch immer so beschränkt sein kann.
Das direkte Ansprechen solcher Individuen auf deren Äußerungen bringt erfahrungsgemäß die unglaublichsten Geschichten hervor, wobei versucht wird, eine Aussage mit sinnfreien Thesen zu belegen. Der Versuch, solche Menschen aufzuklären und davon zu überzeugen, dass ihr Denken falsch ist, scheitert in den meisten Diskussionen wegen des plötzlichen Verlusts des Gehörsinns. Allerdings ist nicht allen wirklich bewusst, wie sehr ihre Worte die Mitmenschen verletzen können, und genau bei diesen sollte beharrlich ein Versuch der Aufklärung unternommen werden, da noch ein Funken Hoffnung besteht, sie zu überzeugen.
Niemand auf dieser Welt würde sich wohl dabei fühlen, als zweitklassig oder einfältig bezeichnet zu werden, denn wie jeder von uns erahnen sollte, sind diese Begriffe beleidigend und zeugen von Hochmut. Sollte zudem das Gefühl vermittelt werden, im Land nicht willkommen zu sein, entsteht aus Wut und Aussichtslosigkeit eine tickende Zeitbombe aus negativen Empfindungen. Dies endet zumindest bei ausländischen Jugendlichen sehr oft in Gewalt, die nur schwer

zu kontrollieren ist. Dennoch fällt es einigen von uns sehr leicht, solche Sätze zu äußern, egal wie viel Trauer und Wut dabei entfacht werden kann.
Wir sollten viel toleranter und offener auf Menschen zugehen und Gespräche mit diesen führen, in der Hoffnung, etwas damit zu bewegen. Natürlich ist Gewalt nicht zu tolerieren, aber eine herablassende Wortwahl ist es genausowenig.

Während meiner Abiturzeit und meines Studiums fiel mir wiederholt auf, dass Gespräche mit Freunden und Verwandten immer seltsamer verliefen. Es mehrten sich die Aussagen, in denen ich als Besserwisser bezeichnet wurde, und nicht seltener wurde mir vorgeworfen arrogant zu sein. Ein Teil meiner engeren Freunde dramatisierte diese Vorwürfe sogar noch, und gab an, dass ich mich charakterlich verändert hätte und nicht mehr derselbe sei. Zweifellos machten mich all diese Aussagen nachdenklich, da ich stets versuche, Fehler primär bei mir zu suchen. Infolgedessen verbrachte ich Stunden damit, mich zu fragen, ob mein Charakter sich wirklich verändert hatte. Doch auch ein Blick in meine Vergangenheit konnte keine großen Veränderungen an mir offenbaren. Somit lag der Unterschied zu den Jahren zuvor allein in meiner Wissensentwicklung, worauf das Abitur und mein Studium einen großen Einfluss hatten. Aufgrund dessen hatte ich vieles dazugelernt, und es fiel mir leicht, in Diskussionen zu argumentieren und Fakten zu nennen. Jedoch schien dies vielen Freunden und Verwandten nicht sonderlich zu gefallen, wodurch es schien, dass es ein Fehler sei, viel zu verstehen. Ich allerdings sah darin keinen Grund, mich zu verstellen und hielt es nicht für sinnvoll, meinen Wissensdrang

und mein Bedürfnis nach Austausch anderen zuliebe zurückzustecken, nur damit diese sich bestätigt fühlen. Diesen Weg wollte ich nicht einschlagen, zumal es unaufrichtig gewesen wäre. Ebendeshalb behielt ich diese Eigenschaften bei, auch wenn es anfangs sehr schwer war und es des Öfteren zu Meinungsverschiedenheiten kam. Nichtsdestotrotz befand ich mich erneut in einer Welt voller Missverstände und Vorurteile, nur dass ich mich dieses Mal vor den Ausländern und nicht vor den Deutschen rechtfertigen musste. Doch glücklicherweise glätteten sich mit der Zeit die Wogen, denn mittlerweile fragen mich viele dieser Personen ab und zu um Rat, wenn sie etwas nicht verstehen, das in mein Interessengebiet fällt.
Ich denke, Menschen sollten sich damit abfinden, dass nicht jeder gleich viel über alles wissen kann. Auch sollte es nicht als arrogant gelten, Antworten auf eine bestimmte Fragestellung zu haben. Arroganz bedeutet, sich durch Wissen zu profilieren und das war mit absoluter Gewissheit niemals meine Absicht. Erfreulicherweise bekam ich im Hauptstudium mehr Bestätigung von meinen Professoren und Kommilitonen, wodurch es den Anschein hatte, dass ich durch mein Wissen und meine Art bei den meisten Menschen ein gutes Bild von mir hinterließ.
In etwa zur selben Zeit bemerkte ich abermals den gravierenden Unterschied der Umgangsformen zwischen den Bildungsschichten, was mir besonders stark auffiel, wenn ich mit meinen Eltern unterwegs war. Im Gegensatz zu meiner Mutter hatte mein Vater stets Probleme, mit Angestellten von Behörden zu sprechen. Zwar reichte sein gebrochenes Deutsch meist aus, um sich zu verständigen, doch viele Deutsche nutzten solche Gelegenheiten aus, um sich aufzu-

spielen und ihre sprachliche Überlegenheit unter Beweis zu stellen. In solchen Situationen kam es nicht selten vor, dass mein Vater wie ein beschränkter Störenfried behandelt wurde. Immer, wenn dies passierte, ergriff ich das Wort. Mit direkter und harter Stimme sprach ich hierbei mein Gegenüber an und ließ den anderen spüren, dass ich nicht zu Scherzen aufgelegt war. Was mir dabei an den Reaktionen der Sachbearbeiter besonders gefiel, war der Übergang der Stimmlage von hart auf weich. Unversehens hellte sich der Gesprächston auf und man zeigte sich auffallend höflich. Auch meinen Eltern gefiel mein Einsatz und sie fanden es immer sehr amüsant, doch ihren Gesichtern war der Unmut, den sie gegenüber diesen Menschen empfanden, im Nachhinein stets anzusehen.

Zeit meines Lebens bin ich ein sehr direkter Mensch, der nicht unnötig versucht, alles hinzunehmen und Missstände zu beschönigen. Aufgrund dessen sage ich es auch, wenn mir etwas nicht zusagt oder mich nervt. Natürlich sollte es bei sensiblen Themen stets vermieden werden, eine Person zu beleidigen, denn die Wahrheit kann auch gesagt werden, ohne dass mein Gegenüber wutentbrannt oder beleidigt das Weite sucht.
Zweifelsohne sind Ausländerfeindlichkeit und Fremdenhass keine spaßigen Themen, doch sollten wir uns selbst immer wieder überwinden, darüber zu sprechen. Andernfalls entstehen Tabuthemen, welche sehr beliebt in unserer Gesellschaft sind und ohne Unbehagen niemals angesprochen werden. Was letztlich dazu führt, dass wir lieber wegschauen als zu unterstützen. Also gestehen wir uns doch endlich ein,

dass Vorurteile in jedem von uns schlummern und diese offen und ehrlich angesprochen werden müssen, denn nur so schaffen wir es, Missverständnisse zu vermeiden und konstruktive Lösungsansätze zu finden. Darüber hinaus können wir durch den Dialog vermeiden, dass sich beispielsweise aus Vorurteilen rassistische Meinungen entwickeln, die wie die Geschichte beweist, niemals ein gutes Ende finden.

Bedauerlicherweise wird kein Land so intensiv beobachtet wie Deutschland, wenn es um das Problem der Ausländerfeindlichkeit geht, obwohl in vielen Ländern dieser Welt diese Thematik stärker ausgeprägt ist als bei uns. Aufgrund der Vergangenheit muss Deutschland jedoch diese Bürde tragen und sich in der Öffentlichkeit für den Rassismus im Lande rechtfertigen. Was letztlich bei vielen Deutschen dazu geführt hat, dass der Nationalstolz sehr schwach ausgeprägt ist, beziehungsweise die Angst davor, als nationalistisch bezeichnet zu werden, sie daran hindert. Hinzu kommt das etwas vorurteilsbehaftete Bild der Deutschen im Ausland, das nicht sonderlich zur Beliebtheit oder Vaterlandsliebe beiträgt. Trotz allem, wurde gerade zur Fußballweltmeisterschaft im Jahr 2006 offenbar, dass auch in Deutschland eine gewisse Verbundenheit der Menschen zum Land vorhanden ist. Eine Entwicklung, der nichts entgegenzusetzen ist und die alle hier Lebenden erfreuen müsste. Denn eine neue Generation wächst heran, die sich nicht von der Geschichte einholen lassen sollte. In Ländern wie Italien und Frankreich ist die Vaterlandsliebe sehr viel stärker ausgeprägt und manchmal überschreitet sie auch gewisse Grenzen.

Der Nationalstolz ist eine sehr anfällige Empfindung, welche zum Beispiel durch eine hohe Arbeitslosigkeit sehr schnell kippen und schließlich zu negativen Meinungen über Ausländer führen kann. Viele Deutsche lassen sich leicht durch solche Probleme verunsichern, und ist die Kugel einmal in Bewegung, kann sie nur schwer zum Stillstand gebracht werden. Dadurch kommt es vermehrt zu Äußerungen, die keinen Sinn ergeben und weit entfernt sind von der Realität. Ich selbst musste mir einmal anhören, dass ich den Staat nur belaste und einem deutschen Schüler die Chance nehme, eine höhere Bildung zu erlangen. Als ich das hörte, fing ich laut an zu lachen und beendete das Gespräch. Eine Herangehensweise, die ich mir erst im Laufe der Zeit angeeignet habe und die einen Energieverbrauch für eine Diskussion nur dann zulässt, wenn es einen Sinn ergibt. Mit Energie meine ich natürlich den Ehrgeiz und die Entschlossenheit eines Menschen, sich Dingen zu stellen. Denn hätte ich in jeder Situation, in der eine negative Meinung über Ausländer gefallen ist, eine Diskussion angefangen, wäre ich bereits mit 20 Jahren an einem Burn-out-Syndrom erkrankt. Das mag sich für manche Personen lächerlich anhören, doch sollte sich jeder einmal selbst fragen, wie belastend es sein kann, immer wieder dasselbe sagen zu müssen, und das Gefühl zu haben, nicht gehört oder verstanden zu werden. Eine Situation, die selbst starke Charaktere zur Verzweiflung bringen und an ihre Grenzen treiben kann.
Seit einigen Jahren vertreten immer mehr Deutsche die Meinung, dass es zu viele Ausländer in Deutschland gebe. Eine Menge, die vom System nicht mehr tragbar ist und den Wohlstand gefährdet. Doch wie verhält es sich in solchen Momenten, in denen diese

Gedanken einen überkommen? Ich selbst versuche hier immer die Vergangenheit heranzuziehen, in der Deutschland die Hilfe anderer bitter nötig hatte. Hilfe, die diesen Staat erst zu all dem Wohlstand geführt hat und die viele Menschen sehr oft vergessen oder ausblenden. Aus dem Nichts wurde ein Land aufgebaut, dessen guter Ruf in bestimmten Wirtschaftszweigen noch heute Bestand hat. Diese Leistung sollten die Deutschen nicht nur für sich beanspruchen, denn auch etliche Gastarbeiter haben dafür hart arbeiten müssen. Einen Dank haben viele dieser Menschen jedoch bis heute nicht erhalten. Stattdessen aber den Kommentar, dass es Zeit ist zu gehen, und viele dieser Menschen sind gegangen, um ihre letzten Jahre in Ruhe und Geborgenheit zu verbringen. Denn wer fühlt sich schon wohl in einem Land, in dem man nicht mehr willkommen ist? Nun ja, scheinbar Millionen von Menschen, die in Deutschland ihr Zuhause gefunden haben. Personen wie meine Eltern, deren Kinder und Enkel hier aufgewachsen sind und die nichts anderes mehr kennen. Wer also nimmt sich das Recht, diesen Leuten zu sagen, es sei Zeit zu gehen? Und wohin sollen diese Menschen gehen, wenn ihre Heimat ein Leben lang die Bundesrepublik war? Leider habe ich darauf auch keine Antwort, da ich selbst nicht wüsste, was mein Ziel wäre. Allerdings würde ich mich heute auch nicht mehr angesprochen fühlen, da ich in mir keinen Ausländer mehr sehe, sondern einen Deutschen mit starken ausländischen Wurzeln. Dennoch habe ich stets versucht zu verstehen, welche Gründe einen Menschen dazu bringen können, Äußerungen von sich zu geben, die eine Person mit einer Wucht treffen, die Jahre später noch ein unbehagliches Gefühl im Bauch entstehen lassen. Aussagen, die zutiefst kränkend sind und nur den Sinn verfolgen, das Gegenüber zu verletzen. Und oft sind es nicht nur Worte, die einen Menschen verletzen, sondern auch verachtende Blicke. Durch sie wird oft eine Wahrheit ausgedrückt, die viele nicht fähig oder willig wären, in Worte zu fassen.

Blicke können einen Menschen durchdringen und ein Gefühl der Ohnmacht erzeugen, doch wie verhält sich eine Person in solch einer Situation? Soll sie sich dem Problem stellen und jeden Tag aufs Neue für Akzeptanz kämpfen, oder sich eine Welt aufbauen, in der es sich ohne Anstrengung leben lässt? Ich selbst habe mich vor Jahren fürs Kämpfen entschieden, da ich fest davon überzeugt bin, dass Grenzen zwischen Kulturen nur entstehen, weil wir es zulassen. Und auch wenn dies ein steiniger Weg war, so wollte ich ihn gehen, in der Hoffnung, es kommenden Generationen einfacher zu machen. Viele Menschen jedoch haben sich für den anderen Weg entschlossen und sich ihre eigene kleine Welt geschaffen. Eine Welt, in der Personen gleicher Herkunft, Religion oder Kultur aufeinandertreffen und die Möglichkeit besteht, sich von der deutschen Gesellschaft abzukapseln. Die deutsche Sprache ist in dieser Welt zweitrangig und Integration nicht mehr als ein Wort, für das kein Interesse besteht.

An meinem Vater lässt sich dieses Muster bedauerlicherweise sehr anschaulich erklären. Denn Zeit seines Lebens war der Großteil seiner Arbeitskollegen ausländischer Herkunft, wodurch sich die deutschen Sprachkenntnisse nicht sonderlich gut entwickeln konnten. Hinzu kommt der Umstand, dass er nicht viele gute Erfahrungen mit Deutschen gemacht hat, weshalb er den Hauptteil seiner Zeit mit der Familie

oder in einer italienischen Bar verbringt. An dieser Bar ist wirklich nichts auszusetzen, denn sie ist sauber, gemütlich und es gibt dort gutes Essen. Von deutschen Mitbürgern fehlt hier allerdings jede Spur. Stattdessen halten sich hier nur Italiener auf, die sich auf Italienisch unterhalten, italienisches Fernsehen schauen, italienische Getränke trinken und italienisches Essen zu sich nehmen. Natürlich ist dieses Beispiel nur ein kleiner Schritt in die falsche Richtung, doch es ist auf eine bestimmte Art und Weise wegweisend.
Stellen wir uns diese Bar ganz einfach als einen Stadtteil einer größeren Metropole vor. Ein Bezirk, der sich selbst versorgt und in dem jeder alles bekommen kann, ohne die deutsche Sprache sprechen zu müssen. Solche Beispiele sind keine Seltenheit in vielen Großstädten, und diese führen dazu, dass jegliche Anstrengung, sich zu integrieren, vermieden wird. Allerdings besteht die Möglichkeit, solch eine Ausgrenzung zu vermeiden, indem diesen Personen vorgeschrieben wird perfektes Deutsch zu erlernen. Natürlich ist das am Beispiel der italienischen Bar nicht wirklich sinnvoll, da deren Gäste im Durchschnitt älter als 55 Jahre alt sind und realistisch betrachtet der Integrationsversuch bereits gescheitert ist. Doch für die Kinder und Enkel dieser Menschen könnte bereits ein wenig Einsatz der Regierung zur Integration führen.
Zu diesem Zweck sollten bereits im Kindergarten Deutschkurse für ausländische Kinder, die die deutsche Sprache noch nicht oder kaum beherrschen, zur Pflicht werden. Gleiches gilt natürlich auch für Grundschulen und weiterführende Schulen, da es Kinder gibt, die keinen Kindergarten besucht haben, beziehungsweise Jugendliche, die später in das deut-

sche Schulsystem eingetreten sind. Zudem sollte das fehlende Interesse vieler Eltern an ihren Kindern durch Geldstrafen angespornt werden, um die Kosten der nötigen Deutschkurse zu decken. Das ist zwar nicht die optimale Lösung und bei Weitem nicht die eleganteste, dennoch könnte sie sich als effektiv erweisen. Und da es sich für mich um eine Straftat der Eltern handelt, die ihren Kindern eine bessere Zukunft und ein einfacheres Leben verweigern, finde ich eine Geldstrafe hier mehr als angemessen. Denn Kinder sollten nicht ein Leben lang für die Fehler anderer büßen, sondern vielmehr belehrt werden, es später besser zu machen.

Zum Ende meines Hauptstudiums begann ich mit der Anfertigung meiner Abschlussarbeit. Da bereits damals mein Interesse der medizinischen Chemie galt, wählte ich als Erstellungsort die Onkologie eines großen Pharmaunternehmens, wobei sich der Hauptteil meiner Tätigkeit mit der Entwicklung von potenziellen Wirkstoffen befasste. Ich war so fasziniert von diesem Thema, dass ich mich wie ein riesiger Schwamm fühlte, der versucht, jede Information und alles neue Wissen in sich aufzusaugen. Es war eine wirklich spannende Zeit, in der sich meine Vorliebe für dieses Themengebiet noch weiter festigte. Und selbst das Arbeitsklima in dieser Firma war vorbildlich, weshalb ich jeden Morgen mit einem Lächeln zur Arbeit ging. Doch auch die schönste Zeit hat einmal ein Ende, und so gab ich nach acht spannenden Monaten meine Abschlussarbeit bei meinem Professor ab. Allerdings hielt mein Betreuer im Unternehmen für mich noch eine Überraschung bereit, denn im Abschlussgespräch lobte er mein Engagement und teilte mir mit, dass er mich für das Talente-Programm der Firma vorgeschlagen hatte. Ein Programm, das dem Unternehmen dazu dient, Studenten zu binden und zu fördern, sodass ein späterer Einstieg in den Betrieb erleichtert werden kann. Natürlich war meine Freude groß, obgleich ich noch einige Hürden zu passieren hatte, um in dieses Programm aufgenommen zu werden.

Zu Beginn musste ich einen psychologischen Test bestehen, für den ich am Computer zirka 200 Fragen beantworten sollte. Dabei ging es hauptsächlich um meine Handlungsweisen in bestimmten Arbeitssituationen, die der besseren Bewertung meines Charakters dienen sollten. Ein, wie ich finde, nicht sinnvoller Test, da die Einhaltung bestimmter Regularien auch einen Psychopathen hätte normal aussehen lassen. Im Anschluss folgte eine Unterhaltung mit einer Personalerin. Ein Gespräch, das sehr entspannt verlief und in dem ich sehr viel über mein Studium gefragt wurde. Typische Fragen wie: „Wo sehen sie sich in fünf Jahren?" und „Wieso diese Firma?" durften hier natürlich auch nicht fehlen. Und obwohl es für mich keine richtige oder falsche Antwort auf diese Fragen gibt, war mir natürlich bewusst, dass das Unternehmen in diese Planung miteinbezogen werden musste.

Nach weiteren dreißig Minuten hatte ich alle Fragen der Personalerin beantwortet und es folgte ein letztes Gespräch mit dem Leiter der Personalabteilung. Sein Büro befand sich am Ende eines langen Flures, wodurch bereits vor der Unterhaltung, ein unwohles Gefühl in mir entstand. Diese Empfindung verstärkte sich um ein Vielfaches, als ich das Zimmer des Personalleiters betrat, denn vor mir stand ein großer deutscher Mann mit steinerner Miene, der dem Anschein

nach keinen Sinn für Humor hatte. In kürzester Zeit durchlief mein Gehirn daraufhin die schlimmsten Szenarien und ich machte mir erstmalig Sorgen darüber, es nicht zu schaffen. Nach gefühlten zwanzig Minuten Begrüßung, bat er mich letztlich Platz zu nehmen und seiner Vorstellung zu lauschen. Die Aufzählung seines Lebenslaufs erstreckte sich über mehrere Minuten und klang nach einer Bilderbuchkarriere, die mit einem Doktortitel gekrönt wurde. Sichtlich beeindruckt von seinem Lebenslauf und seiner Rhetorik, saß ich auf einem Stuhl, der immer kleiner zu werden schien. Im Anschluss seines Vortrags schaute er mich mit starren Augen an und sagte: „Nun sind Sie an der Reihe!". Mit der Bitte, mein Leben Revue passieren zu lassen und ihm die wichtigsten Stationen zu erläutern, machte er es sich auf seinem Sessel bequem. Etliche Fragen gingen mir in diesem Moment durch den Kopf. Was soll ich ihm erzählen und was lasse ich aus? Wie vorsichtig soll ich bestimmte Themen behandeln und was genau würde er gerne hören? Doch ehe ich mich versah, hatte ich bereits zu reden begonnen, und es gab keinen Weg mehr zurück.
Um möglichst interessant zu wirken erzählte ich die Geschichte von Beginn an. Ich fing an mit der Ankunft meiner Eltern in Deutschland und der Beschreibung meiner Kindheit und Jugend. Im Anschluss berichtete ich ihm über mein Abitur, die Ausbildung und das Studium. Währenddessen arbeitete mein Gehirn auf Hochtouren, und ich versuchte möglichst klar und deutlich zu sprechen. Nachdem ich fertig war, erwartete ich das Schlimmste, denn während meiner gesamten Darbietung hatte sich kein Muskel in seinem Gesicht gerührt. Doch erfreulicher-

weise sollte ich mich irren, weil nur wenige Sekunden später ein Lächeln zu erkennen war und sich plötzlich ein sympathischer Ausdruck aus seinen kalten Gesichtszügen formte. Ein Zeichen, das ich in diesem Augenblick bitter nötig hatte, da mein Selbstbewusstsein gerade den Raum verlassen wollte.
Kurz darauf machte er mir Komplimente über meinen Ehrgeiz und lobte meinen starken Willen, der Arbeiterschicht zu entfliehen. Er sprach von großem Potenzial und machte sich über Menschen lustig, denen alles in die Wiege gelegt wird. Genau diese Personen bezeichnete er wiederholt als Schwächlinge, die nicht wissen, was es heißt, von Anfang an Leistung zu erbringen. Dadurch wurde die Unterhaltung immer offener und kurzzeitig war ich mir nicht mehr sicher, ob er es ernst meinte oder ein psychologischer Trick dahinter stand. Das war mir aber zu diesem Zeitpunkt völlig egal, denn ich ließ mich einfach fallen und machte mit. Und genau das war die richtige Entscheidung, denn es wurde eine der schönsten Unterhaltungen, die ich je geführt habe. Mehr als zwei Stunden vergingen, bis sie beendet war, und nach Abschluss des Gesprächs kam er zu mir und sagte: „Meine Stimme für die Aufnahme in dieses Programm haben Sie sicher!". Nach einer herzlichen Verabschiedung verließ ich letztlich das Werksgelände und machte mich auf den Heimweg. Dabei durchlief ich in Gedanken erneut jeden einzelnen Moment dieser Konversation, wobei mir noch immer alles wie ein Traum vorkam. Schließlich hatte mir bis zu diesem Zeitpunkt noch nie ein Deutscher so viele Komplimente gemacht.
Es war ein wirklich schönes Gefühl, das einen Monat später durch die positive Entscheidung des Unterneh-

mens noch verstärkt wurde. Von nun an konnte ich etliche Kurse für Führungskräfte besuchen und Kontakt zum Unternehmen halten, ein Privileg, was mich überaus glücklich machte. Nichtsdestotrotz war die Freude nur von kurzer Dauer, da ich ja noch meine mündliche Abschlussprüfung bestehen musste. Diese umfasste eine dreißigminütige Präsentation meiner Ergebnisse und die Beantwortung der Fragen meiner Professoren, womit ich zirka zwei Stunden Zeit hatte, um alle im Raum von meinem Können zu überzeugen. Glücklicherweise machte es mir die Leidenschaft, die ich für dieses Thema hegte, leicht, meine Prüfung zu bestehen, sodass ich die verbliebene Energie dafür einsetzen konnte, den restlichen Tag mit meinen Freunden und meiner Familie zu feiern. Es war ein wirklich schöner Moment und ich genoss jede Sekunde mit Leib und Seele. Meine Eltern waren vor Glück kaum zu halten und meine Mutter vergoss jede Menge Tränen. Besonders gerührt war sie, als sie die Widmung in meiner Arbeit las, denn diese galt meinem an Krebs verstorbenen Onkel.

Am nächsten Morgen schaute mich meine Mutter mit großen Augen an, und ich bemerkte sofort, dass sie etwas auf dem Herzen hatte. Kurz darauf fragte sie mich mit leiser und vorsichtiger Stimme, ob ich jetzt endlich am Ziel angekommen sei. Mit einem Lächeln im Gesicht verneinte ich ihre Frage und versuchte, ihr meine nächste Hürde zu schildern. Euphorisch erklärte ich ihr meinen Plan und fügte hinzu, dass mein Wille weiterzumachen noch nicht aufgebraucht sei. Sie verstand meine Argumentation und wünschte mir für die nächste Hürde alles Glück der Welt. Dies nahm ich dankend an und verabschiedete mich mit den Worten: „In einigen Jahren kannst du mich Doktor nennen!".

Ich bin nicht der einzige Mensch in Deutschland, der aus einer Arbeiterfamilie kommt und es letztlich zum Akademiker geschafft hat. Dennoch macht es mich unendlich stolz, dass ich diesen schweren Weg gegangen bin und mir diese Erfahrungen niemand mehr nehmen kann. Für viele Studierte aus gutem Hause, mag dieser Stolz eventuell nicht ganz nachvollziehbar sein, doch sollten diese Personen sich darüber bewusst werden, dass nur wenige den Mut, die finanziellen Mittel oder den Rückhalt der Familie besitzen, um ein Studium zu beginnen. Selbst die Angst, den Eltern auf der Tasche zu liegen oder die Familie zu enttäuschen, wiegt schwer. Sind die Eltern ausländischer Herkunft, wird das Ganze noch ein wenig problematischer. Denn viele Ausländer in Deutschland wissen meist nichts mit einem Studium anzufangen und verlangen von ihren Kindern, arbeiten zu gehen. Genau diese Aspekte sind es, die bei der Zukunftsplanung eine sehr wichtige Rolle spielen können. Bedauerlicherweise führen solche Gedanken manchmal auch dazu, dass ein Studium gar nicht erst in Erwägung gezogen wird. Auch ich erinnere mich an solche Ängste und Überlegungen, wobei meine größte Sorge darin lag, den Schritt zu wagen und zu versagen. Die Beschämung wäre für mich unerträglich gewesen und ich hätte mir mit Sicherheit von Freunden und Teilen meiner Familie anhören müssen, wie naiv ich gewesen sei. Und auch wenn das Erreichen des Ziels schließlich den erhofften Lohn bringt, so kann das Versagen auf halber Strecke in manchen ausländischen Familien einen großen Ehrverlust bedeuten. Doch auch die

Einstellung vieler konservativer Ausländer scheint sich zu wandeln, da auch diese langsam erkennen, dass Bildung der Schlüssel zum Erfolg ist.
Nicht viele Arbeiterkinder bekommen zuhause erzählt, wie man Wissenschaftler, Arzt oder Ingenieur werden kann. Es ist für sie einfach eine andere Welt, und diese Welt scheint so fern, dass sie scheinbar nie erreicht werden kann. Demnach können Eltern mit mangelnder Ausbildung oder Motivation einem Kind auch nicht immer die Augen für Neues öffnen. Es sollte deshalb verstärkt darauf geachtet werden, Kindern bereits in der Grundschule deutlich zu machen, dass diese Berufe nur erreicht werden können, wenn sie die entsprechende Leistung in der Schule erbringen. Jedes Kind träumt in jungen Jahren davon, etwas Besonderes zu erlernen, und genau diese Träume sollten den Lehrern und Eltern als Ansatzpunkt dienen.
Genau diese Vorgehensweise habe ich damals auch bei meiner neunjährigen Patentochter angewandt. In einem Gespräch habe ich versucht, ihr zu erklären, dass sie viele tolle Berufe niemals erlernen könne, wenn sie schlecht in der Schule sei, und ihr somit in Zukunft die freie Wahl verwehrt bliebe. Diese Unterhaltung hat mich nur zwanzig Minuten meiner Zeit gekostet und ihr aufgezeigt, wie wichtig Bildung sein kann. Somit ist es möglich, Kindern auf eine einfache Art und Weise die Augen zu öffnen und ihnen den Spaß am Lernen zu lassen. Träume sollten nicht immer Träume bleiben, schon gar nicht, wenn ein kleiner Einsatz Wunder bewirken kann. Leider ist vielen Eltern diese Aufwendung bereits zu viel Arbeit, und sie lassen ihr Kind über die nächsten Jahrzehnte

selbst entscheiden. Eine sehr große Verantwortung für so kleine Geschöpfe, wie ich finde.
Kinder sollten möglichst früh durch wachsame Lehrer aufgeklärt werden, um spätere Missstände zu vermeiden. Ein Desinteresse der Kinder fällt nämlich den meisten Lehrern bereits in der Grundschule auf. Allerdings fühlen sich diese meist überfordert und suchen die Schuld lieber bei den Eltern, anstatt sich ein wenig Zeit zu nehmen. Gewiss liegt der Hauptteil der Schuld bei den Eltern, doch es wäre falsch, die Kinder dafür zu bestrafen. Denn die Eltern werden ihre Einstellung zur Bildung ihrer Kinder nicht von heute auf morgen ändern, sodass am Ende nur die Kinder die Leidtragenden sind. Wie also lösen wir dieses Problem, um die Träume und Ziele der Kinder nicht von vornherein zu zerschlagen? Meiner Ansicht nach sollte Nachhilfe für Problemkinder in der Schule zur Pflicht werden — und zwar nicht nur bei schlechten schulischen Leistungen, sondern auch bei kulturellen und sozialen Defiziten. Ist eine Sache Pflicht, werden sich die Eltern heraushalten und die Schule arbeiten lassen. Infolgedessen bleibt den Lehrern genügend Zeit für spezielle Kinder, um diesen ihre Ängste zu nehmen und Ziele zu erläutern. Mit Sicherheit finden sich hierfür auch Eltern und Studenten, die freiwillig Förderunterricht geben würden.
Jedes Kind ist meiner Meinung nach mit entsprechender Hilfe dazu fähig, seinen Traumberuf zu erlangen. Es gibt nämlich keine dummen Kinder, sondern nur desinteressierte Eltern und Lehrer. Das heißt natürlich nicht, dass jeder studieren gehen sollte, sondern vielmehr, dass die Entscheidung dem Kind überlassen wird.

7. Meine wichtigste Entscheidung

Als ich mich auf die Suche nach einer passenden Stelle für die Doktorarbeit machte, wusste ich genau, was ich wollte und wonach ich suchen musste. Dadurch konnte ich die Anzahl in Frage kommender Universitäten um ein Vielfaches reduzieren, und mich an die Arbeit machen. Ich schaute mir mehrere Forschungsgruppen im Bereich der medizinischen Chemie an und studierte deren Homepage und Publikationen, wodurch ich mir ein besseres Bild der Forschungsschwerpunkte verschaffen konnte. Am Ende kamen nur eine Handvoll Arbeitsgruppen in die engere Auswahl und ich versuchte mein Glück. Per E-Mail bewarb ich mich bei insgesamt vier Professoren um eine Promotionsstelle.

Auf meine Bewerbungen hin meldeten sich drei von vier Professoren, woraufhin ich zu mehreren Vorstellungsgesprächen eingeladen wurde. Die Gespräche verliefen allesamt gut, und glücklicherweise hatte ich die freie Auswahl für meine Promotionsstelle. Ein Professor jedoch stach aus dieser Menge heraus, da er voller Überzeugungskraft war und mir seine Forschung auf Anhieb unwiderstehlich machte. Hierbei handelte es sich um ein EU-finanziertes Verbundprojekt im Bereich der medizinischen Chemie und im Speziellen um die Synthese von potenziellen Wirkstoffen. Das Budget, das zu diesen Forschungszwecken eingesetzt werden konnte, war sehr groß und versprach jede Menge Freiheit, was für einen jungen Forscher sehr einladend erscheint. Obendrein war das Thema mir wie auf den Leib geschrieben, wodurch mir die Entscheidung für diese Arbeitsgruppe sehr leicht fiel. Somit war das Ziel Doktor bereits aus weiter Ferne erkennbar, wenngleich noch einige hohe Hürden passiert werden mussten.

Der erste Eindruck ist für viele Menschen entscheidend und prägend, obwohl dieser sehr oft ein falsches oder trübes Bild vermittelt. Hierbei achtet fast jede Person primär auf das Erscheinungsbild, zu dem Aussehen, Kleidung und Körperhaltung gehören. Die Eingruppierung in bestimmte Schubladen geschieht hierbei fast automatisch und ohne großen Aufwand. Nachdem die Augen und der Geruchsinn ihre Arbeit erledigt haben, folgt der erste verbale Austausch. Dieser Schritt kann letztlich dazu führen, dass die Schublade, in die die Person reingesteckt wurde, zuklappt und womöglich für immer verschlossen bleibt. Somit kann ein kurzer Moment den Verlauf eines Gesprächs, die Meinung über eine Person und die Art und Weise weiterer Interaktionen bestimmen.
Ausschlaggebend für die Informationsverarbeitung des ersten Eindrucks ist unser Charakter, der durch Politik, Fernsehen und vor allem durch die Familie und das nähere Umfeld geformt wird. Eltern, Geschwister und nahe Verwandte haben hierbei den größten Einfluss und sind bestimmend für das Denken und Handeln der heranwachsenden Kinder. Sie steuern daher deren Wahrnehmung bezüglich ihrer Umwelt. Infolgedessen kann die Familie Unwahrheiten oder falsche Ansichten ohne Weiteres von Generation zu Generation weitergeben, auch wenn diese mit der Realität nicht mehr im Einklang sind.
Für jüngere Kinder sind Vorurteile nicht existent, wodurch sie jederzeit offen für neue Spielgefährten sind. Die Herkunft spielt hierbei keine Rolle und das Schubladendenken ihrer Umgebung interessiert sie

nicht. Beginnen jedoch schon in diesem Alter die negativen Einflüsse der Verwandten, wird das Kind diese Denkweise in seiner Jugend nur schwer wieder los. Dies hat zur Folge, dass viele Menschen sich nur noch bei Gleichgesinnten wohlfühlen beziehungsweise den Kontakt mit anderen Kulturen und Religionen meiden. Eine Situation, die nur durch Mut und Aufklärung geändert werden kann. Mut benötigen die Menschen, um sich von ihren Vorurteilen zu befreien. Ein Ziel, das nicht sehr leicht zu erreichen ist, da das Umfeld solche Versuche des unvoreingenommenen Austauschs meist zu unterbinden versucht. Deshalb benötigt man einen langen Atem und genügend Zeit, um zu verstehen, dass viele Vorurteile schlichtweg falsch sind. Diesen Punkt bezeichne ich als Aufklärung, da es dabei sehr wichtig ist, sich zu bilden. Ein Prozess, der je nachdem, wie groß der Einfluss der Familie in der Kindheit ist, sehr komplex und vielschichtig sein kann. Was leider viele davon abhält, diese Zeit aufzuwenden, obgleich es das Leben miteinander sehr viel schöner und angenehmer gestalten kann.

Die Vorfreude auf meine Promotionsstelle war riesengroß und selbst der Gedanke an die dafür vorgesehene Arbeitszeit konnte meine Begeisterung nicht schmälern. Denn im Schnitt vergehen bei naturwissenschaftlichen Doktorarbeiten einschließlich der Anfertigung und Abgabe drei bis fünf Jahre. Eine wirklich sehr lange Zeit für zwei Buchstaben vor dem Namen. Doch der Aufwand stellte für mich kein Hindernis dar, sondern war vielmehr eine erforderliche Leistung für meinen Wunschtraum. Aufgrund dessen erzählte ich meinen engsten Freunden und meiner Familie voller

Enthusiasmus von meiner neuen Stelle und konnte deren Reaktionen kaum abwarten. Meine Lebensgefährtin und meine Eltern waren die ersten Personen, die davon erfuhren. Sie teilten meine Freude und waren überglücklich, dass ich den passenden Ort für meine Promotion gefunden hatte. Gleichwohl sagte meine Mutter mir im Anschluss: „Sei nicht traurig, wenn du aus irgendwelchen Gründen deine Doktorarbeit nicht schaffst.". Ich verstand ihre mütterliche Fürsorge, doch so einen Gedanken wollte ich zu diesem Zeitpunkt nicht zulassen. Allerdings wurde es danach auch nicht besser, da die Nachricht nicht bei allen Freunden und Familienmitgliedern den erhofften Anklang fand. Natürlich gratulierten mir alle zu dieser Position, dennoch fiel mir auf, dass einigen etwas auf dem Herzen lag. Auf wiederholte Nachfrage rückten die ersten mit der Sprache raus, und meine Freude wich der Rechtfertigung. Von zu hohen Zielen war die Rede und von zu großen Erwartungen meinerseits. Und viele waren der festen Überzeugung, dass ich mich von meiner Familie abwenden würde, sobald ich meinen Doktortitel erhalte. Eine für mich nicht nachvollziehbare Argumentation, da diese Promotion für mich nur eine wichtige Etappe im Leben und nicht die Veränderung einer Persönlichkeit darstellte. Lediglich zwei meiner engeren Freunde brachten mir die Freude entgegen, die ich mir erhofft habe, jedoch hatte ich hier nichts anderes erwartet, da beide studierten und die Situation nachvollziehen konnten, wodurch mir glücklicherweise negative Äußerungen erspart blieben. Zwei andere Freunde reagierten dagegen desinteressiert und sprachen von Zeitvergeudung und Geldverschwendung.

Zum Glück verhielten sich meine alten Vorgesetzten und Professoren da ganz anders. Denn sie sprachen vom richtigen Schritt und einer positiven Zukunft, machten mir Mut und zeigten sich allesamt interessiert an der Themenstellung meiner Promotion. Darüber hinaus gaben mir viele von ihnen brauchbare Ratschläge und warnten mich bereits vor, dass während der Doktorarbeit oft Momente der Verzweiflung und Frustration auftreten könnten, von denen man sich aber nicht einholen lassen sollte.

Sehr oft stellte ich mir damals die Frage, weshalb manche Bekannte mir die Freude an der Sache nehmen wollten und mir weniger vertraute Personen Mut zusprachen. Eine Frage, die mich natürlich stark beschäftigte und deren Antwort mich brennend interessierte.

Auch wenn ich stets Verständnis für meine Familie und Freunde aufbringe, die mir nur das Beste wünschen und dementsprechend auch unangenehme Sachen ansprechen, verstand ich deren Argumentation in dieser Situation nicht. Schließlich hatte ich bereits ein Studium abgeschlossen und somit genug Zeit gehabt für eine Selbsteinschätzung. Darüber hinaus war mir solch eine negative Reaktion nicht neu, da sich viele meiner ausländischen oder aus Arbeiterfamilien stammenden Freunde für ihr Vorhaben bei ihren Bekannten rechtfertigen mussten. Ein immerwährender Kampf, der sehr oft zu Diskussionen und Streit führte. Und genau diese Problematik beobachtete ich bei den vier angesprochenen Freunden. Die zwei positiven Meinungen kamen von Studierenden, die sich selbst durchkämpfen mussten. Wohingegen die zwei negativen Meinungen von Freunden

stammten, die den Rat ihrer Bekannten angenommen und eine Ausbildung gemacht hatten. Bei Letzteren lag das Maximum der Akzeptanz in einer Ausbildung, und ein Studium stand niemals zur Debatte.
Aber woran liegt es nun, dass genau diese Jugendlichen es so schwer bei ihren Familien haben? Wie bereits erwähnt, spielt die Angst vor dem Unbekannten hier wahrscheinlich eine sehr große Rolle, aber auch der Fakt, dass sich während eines Studiums schwer Geld verdienen lässt, sollte nicht vernachlässigt werden. Zudem glauben viele, dass sich das Kind nach dem Studium für etwas Besseres halten könnte und den Kontakt zur Familie abbricht. Die ganze Argumentation jedoch ist in sich nicht schlüssig, denn schließlich ist das Hauptargument der Familie, nur das Beste für das Kind zu wollen. Doch wie kann ein Mensch einem die Chance verwehren, das Abitur oder ein Studium anzustreben und gleichzeitig behaupten, es wäre das Beste für das Kind, ohne es selbst besser zu wissen? Denn letztendlich sprechen wir hier von Bildung und nicht vom Verhindern von Drogenkonsum. Ein weiterer Punkt, der in einer solchen Einstellung mitschwingt, könnte der fehlende Glaube an das System, die Kinder oder an sich selbst sein, weswegen gewisse Schutzmaßnahmen bereits in jungen Jahren getroffen werden, um eine spätere Enttäuschung zu vermeiden. Nur ob das der richtige Weg ist, sei einmal dahingestellt.

8. Integration? Ja, bitte!

Einige Wochen vor Beginn der Promotion arbeitete ich mich intensiver in mein Thema ein, um einen besseren Start in die Forschungsphase zu haben. Letzten Endes las ich mehr, als es eigentlich nötig gewesen wäre, doch ich wollte bereits zu Beginn meiner Doktorarbeit einen guten Eindruck hinterlassen.

Dann endlich war es soweit und ich stand vor der wichtigsten Hürde meines Lebens, und diese schien plötzlich noch größer zu sein als erwartet. Ehrfurchtsvoll betrat ich das Institutsgebäude des Arbeitskreises und stellte mich zuallererst der Sekretärin vor — eine wirklich sehr nette Frau, die mir den Einstieg um vieles leichter und angenehmer gestaltete. Mit einer großen Selbstverständlichkeit und Freundlichkeit nahm sie sich ein wenig Zeit und führte mich durch die Labore, wobei sie mir alle Mitarbeiter des Arbeitskreises vorstellte. Ein Job, den im Grunde der Vorgesetzte übernehmen sollte, welcher aber erst gegen kurz nach zehn eintraf. Bei seiner Ankunft bat er mich um ein wenig Geduld und verschob das erste Gespräch auf den Nachmittag. Und so kam es, dass die ersten Kommentare meiner Kollegen folgten. „Mach dir keinen Stress!", sagte einer der Doktoranden, woraufhin ein anderer Doktorand mir riet, mich schon einmal daran zu gewöhnen zu warten. Auf Anhieb gefiel mir die Atmosphäre im Arbeitskreis und es schien so, als würde es innerhalb der Gruppe harmonisch ablaufen. Nur kurze Zeit später folgte auch schon das erste gemeinsame Essen in der Mensa. In solchen Momenten halte ich mich immer ein wenig zurück, da ich mir so ein besseres Bild der Personen und Gesprächsthemen verschaffen kann. Und so verfolgte ich schweigend mehrere Unterhaltungen, bei denen auch mein Vorgesetzter und seine Handlungsweisen beschrieben wurden. Hierbei kam nichts Positives über die Lippen meiner Kollegen, was ich zu diesem Zeitpunkt noch als normal empfand. Die Kommentare wurden allerdings mit der Zeit immer schlimmer und ebbten nicht ab, was mich zu meiner ersten Aktion führte. Auf meine Frage hin, dass unser Chef doch nicht so schlimm sein kann, wie die ganze Zeit beschrieben, antworteten drei Leute simultan mit: „Wir sprechen uns in ein paar Wochen wieder!". Ein Hinweis, den natürlich niemand am ersten Tag hören möchte. Dennoch gab ich mein Bestes und setzte mir krampfhaft ein Lächeln auf, was mit absoluter Sicherheit schrecklich ausgesehen haben muss.

Zirka zwei Stunden später ging ich erneut zu meinem Chef und klopfte an seine Tür. Wie aus der Pistole geschossen erhielt ich erneut den Hinweis, mich noch ein wenig zu gedulden, bis er mich abholen würde. Mit einer verständnisvollen Antwort ging ich an meinen neuen Arbeitsplatz zurück und unterhielt mich mit meinen neuen Kollegen. Geschlagene drei Stunden später hörte ich meinen Namen durch die Räume hallen, woraufhin mein Platznachbar mir sagte, dass ich jetzt zu unserem Vorgesetzten dürfte. Ich machte mich unverzüglich auf den Weg und fühlte mich ein wenig wie ein Hund, nach dem gerufen wurde. Nichtsdestotrotz freute ich mich auf das Gespräch, was jedoch etwas anders verlief als erwartet und schätzungsweise drei Minuten dauerte. In dieser Zeit drückte er mir eine Publikation in die Hand und besprach im Schnelldurchlauf mit mir das Thema. Etwas verwirrt verließ ich sein Büro und ging zurück an meinen Platz, während mein neuer Projektpartner mich anschaute und zu lachen anfing. So also verlief der erste Tag meiner Promotion, doch in den nächsten Jahren sollten noch viele ähnliche Situationen folgen.

Die erste Arbeitswoche verbrachte ich damit, alle Formalitäten zu erledigen und mir die entsprechenden Chemikalien für die Synthesen zu bestellen. Hierbei halfen mir die Sekretärin und mein neuer Kollege, der sich mit demselben Projekt beschäftigte wie ich. Der Rest der Gruppe fühlte sich nicht verantwortlich und hielt sich aus der Sache raus. Die Arbeitsgruppe selbst bestand hauptsächlich aus Deutschen und neben mir gab es nur noch eine weitere Ausländerin, die aufgrund privater Angelegenheiten meist nicht im Labor vorzufinden war. Die meiste Zeit verbrachten mein Projektpartner und ich beim Mittagessen damit, uns die Beschwerden und Lästereien unserer Kollegen anzuhören. Mal war es der Chef mit seinen Eigenarten, mal frühere Mitglieder des Arbeitskreises. Hierbei wurden alte Geschichten immer wieder neu interpretiert und wiederholt, wodurch die Pause zunehmend ihren Reiz verlor. Was mir jedoch wirklich Sorgen bereitete, waren die Aussagen meiner Kollegen über ehemalige Doktoranden aus Indien, Pakistan oder anderen ärmeren Regionen dieser Welt. Sie alle wurden als Nichtskönner dargestellt, die in einem Forschungslabor nicht zu suchen hätten. Zu Beginn war ich mir nicht sicher, ob es sich hier wieder um die Theorie der Dreiklassengesellschaft handelte oder wirklich nur das fehlende Wissen dieser Personen gemeint war. Im Laufe der Zeit stellte sich jedoch leider heraus, dass es eine Mischung aus Vorurteilen und Neid war. Denn die ehemaligen ausländischen Doktoranden hatten während ihrer Promotion sehr gute Leistungen erbracht und konnten am Ende ihrer

Doktorarbeit jede Menge Ergebnisse vorweisen. Was sie allerdings nicht hatten, waren Kenntnisse der deutschen Sprache und die nötige Unterstützung, um sich in die Arbeitsgruppe zu integrieren. Infolgedessen konzentrierten sie sich nur noch auf ihre Arbeit, was die ganze Situation innerhalb der Gruppe natürlich verschärfte. Und so fand ich mich erneut in einer Welt voller Vorurteile und Voreingenommenheit, und konnte mein Glück kaum fassen.

Während unseres Lebens begegnen uns Tag für Tag Menschen anderer Kultur, Nationalität und Religion. Doch anstatt uns glücklich zu schätzen, in einer multikulturellen Gesellschaft zu leben und aufzuwachsen, laufen wir meist nur an diesen Personen vorbei und schenken ihnen kaum Beachtung. Lediglich ihre Haar- und Hautfarbe, ihre Kleidung und ihre Sprache sind in diesem Moment für uns von Bedeutung. Vereinzelt kommt es aber dennoch zu Gesprächen mit diesen Personen, wobei viele kein akzentfreies oder perfektes Deutsch sprechen und die Konversation dadurch erschwert wird und lästig erscheinen mag. Erfahrungsgemäß setzt spätestens an diesem Punkt unser Gehirn ein und öffnet die beliebten Schubladen. Eine Fehlfunktion, die uns ständig begleitet. Allerdings sollte sich jeder bewusst sein, dass eine Kommode aus vielen Schubladen besteht, deren Inhalte die einzelnen Fächer jederzeit wechseln können. Somit obliegt es uns, wie viel Zeit ein einzelner Mensch in einer dieser Schubladen verbringen muss. Was uns die Freiheit einräumt, Eingruppierungen dieser Personen in bestimmte Schubladen zu überdenken und daraufhin mögliche Fehleinschätzungen zu beheben. Spricht demnach ein ausländischer Mitbürger kein perfektes

Deutsch, bedeutet dies nicht gleichzeitig, dass er oder sie weniger intelligent sein muss. Vielmehr müssen wir uns darüber bewusst werden, dass diese Menschen mit einer anderen Sprache und in einer anderen Umgebung groß geworden sind. Deutsch ist somit ihre Zweitsprache, für deren Erlernen viel Zeit nötig ist.

Auch das sich Einfinden in eine neue Kultur ist leichter gesagt als getan, schließlich gibt es hierfür keinen Schalter, den wir einfach so umlegen können. Das Erlangen dieses Wissens ist aufwendig und beansprucht Monate und Jahre. Es sei denn, Leute, die das Land kennen, erklären sich bereit zu helfen, wodurch das Ganze stark beschleunigt werden kann. Doch selbstloses Handeln ist leider sehr selten geworden in der westlichen Kultur. Insofern sollten wir uns nicht ständig beschweren, sondern selbst die Initiative ergreifen. Mit Sicherheit wird es bisweilen Ausländer geben, die sich nicht integrieren wollen oder lassen, doch diese sollten uns nicht daran hindern, unsere Unterstützung weiterhin anzubieten. Schließlich sind viele von ihnen meist auf sich allein gestellt und dankbar für jede Art von Hilfe. Daher sollte keiner von uns vorschnell urteilen, sondern erst nachdenken und mit Bedacht handeln.

Die ersten Monate meiner Promotion vergingen unglaublich schnell und waren sehr zeitaufwendig. Ich erlernte neue Arbeitstechniken, die Bedienung vieler Apparaturen und erledigte nebenher meine Laborarbeit, um mein Projekt voranzutreiben. Erfreulicherweise machte ich auch schnell Fortschritte mit meiner Forschung, wodurch der Anreiz nie verloren ging. Ferner wiesen bereits die ersten Ergebnisse annehmbare und interessante Daten auf, die jedoch noch weit

von einer Publikation entfernt waren. Durchschnittlich arbeitete ich zehn bis zwölf Stunden pro Tag, was nichts Ungewöhnliches in der akademischen Forschung ist. Schließlich sollte ein Doktortitel nicht umsonst zu haben sein. Gleichwohl änderte ich nichts an mein Pensum, zumal ich meine Doktorarbeit schnellstmöglich abschließen wollte. Angenehmerweise bereitete die viele Arbeit meiner Beziehung keine Probleme, da meine Lebensgefährtin selbst an ihrer Promotion bastelte, und mit ähnlichen Arbeitszeiten zu kämpfen hatte. Lediglich unsere gemeinsamen Stunden am Abend und unser Frühstücksritual am Wochenende ließen wir uns nicht nehmen.
Während meiner Forschungsarbeiten versuchte ich fortwährend, aktuelle Publikationen zu lesen, um mich auf dem Laufenden zu halten. Diese Arbeit beschränkte sich nicht nur auf meinen Arbeitsplatz, sondern begleitete mich zeitweise mit in den Schlaf. Trotzdem bestand der Hauptteil meiner Tätigkeit immer noch aus der Synthese und Modifikation neuer Substanzen. Ein sich ständig wiederholender Prozess, der mit ein wenig Glück und Verstand am erhofften Ziel endet.
Die Anfangszeit meiner Promotion gefiel mir wirklich sehr gut und machte mich unheimlich glücklich. Dementsprechend ging ich sehr gerne zur Arbeit, was jedoch nicht für alle meine Kollegen galt. Vor allem nicht für die Personen, die vom Professor anders behandelt wurden als andere Doktoranden. Denn er machte einen großen Unterschied zwischen jenen, von denen er abhängig war, weil sie Praktika und Seminare betreuten, und denen, die ihm ganz egal waren. Des Weiteren gab es Mitarbeiter, die ständig als Sündenböcke antreten mussten und Promotionsstudenten, die Ergebnisse lieferten und somit für seinen guten Ruf

sorgten. Am einfachsten hatte man es natürlich mit guten Ergebnissen, doch gute Resultate sind in der Forschung leider nicht selbstverständlich. Eben weil bestimmte Themen keine positiven Ergebnisse hervorbringen beziehungsweise mehrerer Doktoranden bedürfen, bis etwas Publizierbares dabei entsteht. Glücklicherweise wies mein Projekt schon zu Beginn in eine gute Richtung, wodurch mir sehr viel Übel erspart blieb. Meinem Projektpartner erging es bedauerlicherweise nicht so wie mir. Er war einer der Unglücklichen ohne zufriedenstellende Ergebnisse, was eine jahrelang andauernde Schikane zur Folge hatte. Aber dank seines starken Charakters hat auch er diese Zeit überstanden und letztlich seine Promotion abgeschlossen.

Viele Menschen leiden stark an ihrer Arbeit, weil diese sie unzufrieden und womöglich depressiv macht. Was auf Dauer zu einer enormen Belastung führt und Körper und Geist schädigt. Somit wäre es für solche Personen ratsam, bei Möglichkeit eine neue Arbeitsstelle anzutreten, um nicht gänzlich zu verzweifeln. Diese Option steht leider nicht jedem zur Verfügung, wodurch sich viele genötigt fühlen, ihre Gesundheit zu vernachlässigen. Ähnlich verhält es sich auch in einer Promotion, die mit der Zeit bei etlichen Doktoranden an der Verzweiflung nagt. Um ein Vielfaches gesteigert wird das Ganze, wenn der Doktorvater einem das Leben noch schwerer macht. Die Promotionsstudenten befinden sich wohl oder übel in seinen Fängen, aus denen es kein Entkommen gibt.
Die unfreiwillige Abhängigkeit ist ein Zustand, der mit vielen negativen Gefühlen verbunden ist. Aus angestauter Wut kann hierbei sehr schnell eine Depression

werden, die sich letztlich auf die nähere Umgebung überträgt. Mein Vater erzählte mir sehr oft von genau solchen Verhältnissen auf seiner Arbeit. Vorgesetzte wurden hier zu Diktatoren und gaben ihren Mitarbeitern Befehle, ohne von diesen Widerworte hören zu wollen. Da mein Vater, wie viele seiner ausländischen Kollegen auch, ungelernter Arbeiter war, stellte sich ein Wechsel der Stelle als schwierig heraus. Vor allem ist in wirtschaftlich sehr schwierigen Zeiten das Risiko, keine neue Arbeit zu finden, sehr groß, was nicht nur ihm, sondern auch seiner Familie geschadet hätte. Eine Konstellation, die letzten Endes auch bei meinem Vater eine Depression hervorrief, die noch bis heute therapiert wird. Zur Unterbindung solcher Zustände sollten Führungs- und Verhaltensseminare für Vorgesetzte zur Pflicht werden, da sie auf lange Sicht viele Erkrankungen und Diskriminierungen verhindern könnten. Eine Meinung, die nicht erst entstehen sollte, wenn man mal selbst zum Opfer wird.

Ein Jahr nach Start meiner Promotion begannen zwei aus Asien stammende Studenten im Arbeitskreis ihre Doktorarbeit. Beide hatten bereits industrielle Erfahrung in der Chemie sammeln können und kannten sich daher sehr gut mit der praktischen Laborarbeit aus. Zugeteilt wurden sie einem Nebenlabor meiner Arbeitsgruppe. Dementsprechend bekam ich nur sehr wenig von ihrem anfänglichen Laboralltag mit und konnte nur bedingt Hilfestellung leisten. Allerdings änderte sich dies unerwartet nach einigen Tagen, als einer der beiden zu mir ins Labor kam und sich über die Handhabung eines Gerätes und die Chemikaliensuche erkundigte. Bereitwillig beantwortete ich meinem neuen Kollegen seine Fragen und dachte mir im

ersten Moment nichts weiter dabei. Einen Tag später besuchte er mich erneut und bat mich um Hilfeleistung beim Ausfüllen mehrerer Formulare. Eine nicht ungewöhnliche Gegebenheit bei Dienstschreiben, da diese meist in deutscher Sprache verfasst sind und somit für Ausländer ohne Deutschkenntnisse ein großes Hindernis darstellen. Folglich nahm ich mir auch hierfür die Zeit und übersetzte ihm die erhaltenen Dokumente.
Indes häuften sich seine Fragen, und fingen langsam an, mich zu beschäftigen. Denn bei kleineren Anliegen übernehmen im Normallfall Kollegen desselben Labors die Einarbeitung und Hilfestellung neuer Mitarbeiter, was hier nicht der Fall zu sein schien. Um diesem Sachverhalt nachzugehen, bat ich die neuen Doktoranden, sich ein wenig Zeit für mich zu nehmen. Beide stimmten sofort zu und wir machten es uns während der Mittagspause im Bistro gemütlich. Was folgte, war ein sehr angenehmes Gespräch bei Kaffee und Kuchen, wobei sich alle sichtlich wohl fühlten.
Ein Thema, das mich natürlich brennend interessierte, war ihre Vergangenheit und was sie letztlich nach Deutschland geführt hat. Da einem erst durch solche Konversationen bewusst wird, wie Deutschland und die Deutschen im Ausland wahrgenommen werden. Allerdings näherten wir uns gleichzeitig mit großen Schritten dem eigentlichen Thema und ich erkundigte mich schließlich über ihr Labor und die Kollegen. Anfangs schien es ihnen wirklich unangenehm zu sein, darüber zu sprechen, denn keiner von ihnen wollte meine Frage auf Anhieb beantworten. Doch nach kurzem Zögern begann der Erste schüchtern zu erzählen. Daraufhin folgte eine Geschichte der nächsten, wodurch ein Bild von meinen Kollegen geschaf-

fen wurde, das ich nie erwartet hätte und das mich regelrecht schockierte. Die unterlassene Hilfeleistung war hierbei nur ein kleineres Vergehen und wurde übertroffen von der Ausgrenzung dieser Doktoranden aus allen Fachgesprächen. Darüber hinaus wurde nie Englisch im Labor gesprochen, es sei denn, einer dieser Kollegen war auf der Suche nach einer Chemikalie. An dieser Stelle muss ich kurz erwähnen, dass Englisch die Wissenschaftssprache ist und es nicht von Professionalität zeugt, diese nicht zu sprechen. Auch das Interesse an ihnen als Person war nicht existent, wodurch sehr schnell das Gefühl der Ausgrenzung bei ihnen entstand. Im Glauben, mich in derselben Situation zu sehen, richteten sie all ihre Fragen an mich und erhofften sich dadurch eine schnellere Einarbeitung. Obendrein gingen sie davon aus, dass ich genau wie sie nach Deutschland gekommen sei, um zu promovieren, ein Sachverhalt den ich natürlich sofort versuchte aufzuklären.
Auf ihre Frage hin, ob mir zu Beginn geholfen wurde, antwortete ich mit ja. Doch wurde mir wirklich geholfen? Um dies zu beantworten, versetzte ich mich zurück in meine Anfangszeit, und mir wurde umgehend klar, dass mir eigentlich nur mein Projektpartner und die Sekretärin geholfen hatten. Allerdings lief die Integration in die Gruppe bei mir nicht ganz so entmutigend wie bei ihnen ab, denn ich wurde in viele Gespräche involviert, und Fragen zu meiner Vergangenheit wurden mir ebenfalls gestellt. Nichtsdestotrotz fiel mir plötzlich auf, dass ich mit den meisten meiner Kollegen noch nie etwas Privates besprochen oder unternommen hatte. Wodurch es den Anschein bekam, dass diese jeden engeren Kontakt zu mir zu vermeiden versuchten. Demnach wurde ich von

diesen nur teilintegriert. Ein Wort, über das ich vorher nie nachgedacht hatte.

Neben dem zuvor erwähnten System der Dreiklassengesellschaft begegnen uns mit der Suche nach Gleichartigen und der Teilintegration, zwei weitere interessante Aspekte, mit denen ich mich zu jener Zeit intensiver beschäftigt habe.
Zu Beginn stellte sich mir die Frage, weshalb die meisten Ausländer Hilfe bei Gleichartigen, also anderen Ausländern, suchen. Allgemein lässt sich hierzu sagen, dass es in einem fremden Land viele Hindernisse zu überwinden gibt, die jedoch mit sehr viel Arbeit und Anstrengung überwunden werden können. Was also treibt diese Menschen zu dieser Handlung? Eine passende Antwort hierfür könnte der Faktor Zeit sein, die durch Inanspruchnahme von Hilfe deutlich verkürzt werden kann. Die beste Unterstützung können hierbei Personen leisten, die das ganze Prozedere bereits hinter sich gebracht haben. Demnach sind Ausländer in Deutschland für ankommende Ausländer genau die richtigen Ansprechpartner. Das gilt natürlich nur für Formalitäten, die mit dem Aufenthalt in Verbindung stehen, wie beispielsweise die Verlängerung eines Visums. Allerdings stehen Dinge, die von allen Personen übernommen werden könnten, wie die Suche nach einer passenden Krankenkasse oder die Erklärung einer Gerätefunktion, hierbei außen vor. Demzufolge gibt es für solch ein Verhalten von Kollegen keinerlei Entschuldigung, es sei denn, sie können kein Englisch, sind taub oder stumm. Tatsächlich geht es aber den meisten ankommenden Ausländern nicht nur um Hilfeleistung, sondern vielmehr um eine Art Geborgenheit. Mit Gleichartigen sind zum Beispiel

Gespräche über Heimweh, Schmerz und Ängste einfacher zu führen als mit Menschen die in diesem Land geboren wurden. Verstärkt werden kann dieses Gefühl, wenn die hilfegebende Person dieselbe Herkunft hat, was sich letztlich zu einem großen Integrationshindernis entwickeln kann. Infolgedessen sollte der Ansporn vieler Deutscher darin liegen, dies zu verhindern, und schon bei Beginn darauf zu achten, dass dieser Weg von Ankommenden nicht eingeschlagen wird. Allerdings sind viele Ausländer nicht dazu bereit, sich helfen zu lassen, weil sie gerne Zeit mit ihren Landsleuten verbringen. Ein Zustand, der jegliche Bemühung untergräbt und bereits bei der Einreise unterbunden werden sollte.

Als ich mich erstmalig mit dem Wort Teilintegration beschäftigte, wurde mir auf Anhieb bewusst, dass es sich hierbei um nichts Halbes und nichts Ganzes handelt. Ein Ausdruck, der lediglich den Zustand beschreiben soll, nicht vollständig zu einer Gruppe zu gehören, in dem jedoch auch Hoffnung und Zuversicht anklingt, es doch noch zu schaffen. Doch gibt es eine Teilintegration überhaupt? Viele Menschen würden auf diese Frage mit ja antworten. Ich dagegen kann dieser Meinung leider nicht zustimmen, da sie für mich eine Lüge darstellt. Sicherlich gibt es in Deutschland viele Deutsche, die keinen Unterschied zwischen Deutschen und Ausländern, die in Deutschland geboren sind, machen. Jedoch sind für viele andere die Sprachkenntnisse, die Kleidungsart und die Handlungen der Ausländer von großer Bedeutung, und schlussendlich das Maß einer Integration. Einige dieser Menschen behalten diese Ausgrenzung leider ein Leben lang bei, egal wie stark der Wille, sich zu integrieren, bei Ausländern ausgeprägt ist. Bei älteren

Menschen, die solch eine Meinung vertreten, kann man getrost davon ausgehen, dass sich diese nicht mehr ändern werden. Dementsprechend sollte dieser Personengruppe nicht die Hauptbeachtung geschenkt werden, wenn es um solch delikate Themen geht. Vielmehr sollte sich der Fokus auf die jüngere Generation richten, die noch genug Zeit hat, um zu verstehen, dass sie den Integrationswillen von Ausländern mit beeinflussen. Denn sind diese gewillt die deutsche Sprache zu lernen, die Gesetze Deutschlands zu achten und sich bewusst nicht auszugrenzen, so sind sie mit absoluter Sicherheit auch dazu bereit sich zu integrieren.
Derweil sollte es keine Rolle spielen, ob sie dabei ein Kopftuch, ein Sari oder eine Toga tragen. Entscheidend ist nur der Schritt in die richtige Richtung. Folglich gibt es für mich nur die Integration oder die Nicht-Integration.

9. *Meine Heimat?*

In jungen Jahren fuhr ich jedes Jahr mit meiner Familie nach Sizilien, um dort die Sommerferien am Meer zu verbringen. Damals fühlte es sich immer wie ein Traum an, in dem es gutes Essen, Strände und schöne Frauen gab und aus dem man nicht mehr erwachen wollte. In meiner Kindheit war dies der Höhepunkt des Jahres, und für mich gab es zu jener Zeit nichts Schöneres. Allerdings waren die ersten Tage stets mit dem Besuch der Verwandtschaft verbunden, und zu all unserem Glück wurde diese jedes Jahr immer größer. Die Anzahl unserer Familienmitglieder liegt selbst für italienische Verhältnisse über dem Durchschnitt, und so kam es ab und zu vor, dass ich auf der Piazza von Menschen angesprochen wurde, die ich nie zuvor gesehen hatte. Sie erzählten mir von unserem Verwandtschaftsgrad und sagten immer wieder, dass ich meiner Mutter wie aus dem Gesicht geschnitten sei. Meine Mutter musste immer lachen, wenn ich ihr solche Geschichten erzählte, denn mir wurde immer gesagt dass ich nicht mit Fremden sprechen sollte. Demgemäß verhielt ich mich auch, wenn Unbekannte mich auf der Straße ansprachen. Wie aus dem Nichts versagte hier meine Stimme und ich war bereit, wegzulaufen, falls die Situation mir nicht gefiel. Glücklicherweise stellte sich im Nachhinein immer heraus, dass all diese Leute wirklich zur Familie gehörten.
Doch bevor die Reise nach Italien angetreten werden konnte, verbrachten meine Eltern die letzten Tage in Deutschland damit, unheimlich viel einzukaufen. Zu den Unmengen an Schokolade, Filterkaffee und Gelierzucker gesellten sich Spielzeuge und Kleidungsstücke für die Kinder sowie spezielle Leckereien für

die Erwachsenen. Dementsprechend groß wurde auch unsere Ankunft bei der sizilianischen Verwandtschaft gefeiert, wobei ein Satz von ihnen niemals fehlen durfte: „Ihr habt es so gut in Deutschland mit all eurem Geld!". Eine Aussage, die meine Eltern sehr wütend machte, da sie stets versuchten, zu erklären, dass einem in Deutschland nichts geschenkt wird. Das änderte leider nichts an der alljährlichen Wiederholung dieser Worte, obgleich weniger Geschenke mit Gewissheit überzeugender gewesen wären.
Während meiner Zeit in der Oberstufe war ich das letzte Mal mit meinen Eltern auf Sizilien, und ich kehrte erst etliche Jahre später mit meiner Lebensgefährtin dorthin zurück. Dies traf exakt 16 Monate nach Beginn meiner Doktorarbeit ein, und es war seit ewiger Zeit das erste Mal, dass ich mehr als drei Wochen am Stück keinen deutschen Boden unter mir hatte. Ich freute mich wie ein kleines Kind auf diese Reise und war gespannt, meine Familie nach so langer Zeit wieder zu sehen. Als wir den Flughafen von Catania erreichten, stiegen wir in unseren Mietwagen, und fuhren in die Geburtsstadt meiner Mutter. Gewohnt haben wir während unseres Urlaubs bei der Schwester meiner Mutter, die selbst mehr als zwanzig Jahre in Deutschland gelebt hatte. Beim Erreichen des Hauses meiner Tante warteten schon meine Cousinen und ihre Kinder vor der Tür. Es war ein herrliches Gefühl, und ich genoss jeden Moment, von der ersten Umarmung bis hin zum allabendlichen Zirpen der Grillen. Am nächsten Tag wachten wir bereits um acht Uhr morgens auf, obwohl wir die Nacht vorher erst um drei Uhr nachts ins Bett gegangen waren. Das lag aber an meinen Cousinen und deren Kindern, die uns zu früher Stunde weckten, um gemeinsam mit uns zu

frühstücken. Und so gab es bereits zwanzig Minuten nach dem Wachwerden den ersten Espresso auf nüchternen Magen.

Bei der Tagesplanung war meiner Lebensgefährtin und mir von vornherein klar, dass wir gerne einen Teil des Tages am Meer verbringen würden, woraufhin sich alle kurzerhand entschlossen, uns zu begleiten. Doch bevor wir losfahren konnten, standen die Besichtigungen der Wohnungen meiner Cousinen an. Zwei Stunden und zwei Espresso später waren wir endlich am Strand angekommen. Es war mit 40°C einer der heißesten Tage des Sommers, und jeder sehnte sich nach einer Erfrischung. Die Kinder stürzten sich sofort ins Wasser, allerdings mussten die Erwachsenen noch eine Festung aus Schirmen, Liegen, Stühlen und Tüchern aufbauen. Dazu kamen zirka sechs Taschen und vier verschiedene Sorten von Bällen. Als wir schließlich damit fertig waren und ich bereits auf halber Strecke zum Wasser war, rief eine meiner Cousinen mich zurück und drückte mir einen kleinen Becher mit kaltem Espresso in die Hand. Um Gottes Willen, dachte ich, und trank so schnell ich konnte den Kaffee, um endlich ins Meer zu springen. Zu guter Letzt blieben wir fünf Stunden am Strand und machten uns einen schönen Tag. Gegen fünf Uhr nachmittags fuhren wir wieder heim und gingen Duschen. Währenddessen trank ich, wie sollte es anders sein, zwei weitere Espresso, um nicht umzukippen. Nachdem wir uns alle schick gemacht hatten, fing das Besuchen der anderen Familienmitglieder an. Am ersten Tag kümmerten wir uns nur um die wichtigsten Verwandten, von denen es vier gab. Da ich nach so langer Zeit keine Einladung zum Kaffeetrinken ablehnen konnte, folgten vier weitere Espresso und ein Herzrasen.

Spät am Abend fuhren wir wieder zum Haus meiner Tante, um dort gemeinsam zu essen. Während des Essens mit meiner Familie wurde mir unentwegt Bier angeboten, da ich ja aus Deutschland kam und dort Bier ihrer Meinung nach als Wasserersatz galt. Nachdem nun alle erfahren hatten, dass ich kein Bier mochte, fing jeder am Tisch an zu lachen und war verwundert darüber, dass ein Deutscher kein Bier mag. Als ich daraufhin versuchte, mich zu verteidigen und zu bestreiten, dass ich Deutscher sei, wurde mir bewusst, dass die Verwandten da anderer Meinung waren. Kurz vor zwei Uhr morgens legten wir uns schließlich ins Bett, in dem ich mich mindestens zwei Stunden hin und her wälzte, doch wer wollte es mir verübeln nach zehn Tassen Espresso?

Die folgenden Wochen unseres Urlaubs verliefen ähnlich wie der erste Tag, doch ich versuchte so oft wie möglich gemeinsame Stunden mit meiner Lebensgefährtin zu verbringen. Wir besuchten Theater, Denkmäler und weit entfernte Strände, um endlich zur Ruhe zu kommen, doch allzu oft kam es nicht dazu. In der dritten Urlaubswoche fragte mich meine Lebensgefährtin, die selbst aus einer Immigrantenfamilie stammt, ob dieser Urlaub wirklich eine Erholung für mich ist oder ich nur von meiner Kindheit geblendet sei? Daraufhin kam es zu einer kleinen Streiterei, da ich mir nicht eingestehen wollte, dass sie Recht hatte. Allerdings hatte sie den Kern der Sache erkannt.

Während der Rückkehr nach Deutschland fragte ich mich immer wieder, wieso dieser Urlaub kaum Erholung für mich brachte und weshalb jeder mich in Italien für einen Deutschen hielt. Schlussendlich

stand sie da, eine Antwort die selbst mich überraschte
— Ich war zu einem großen Teil Deutscher.

Jedes Land hat seine typischen Eigenarten, welche auf den Großteil der Bevölkerung übertragbar sind. So sind Italiener meist sehr gelassene Personen, die sich des Öfteren einen Espresso gönnen und in deren Leben die Familie die Hauptrolle spielt. Darüber hinaus essen sie unheimlich gerne, und ihr Patriotismus ist meist nicht zu ertragen. Die Deutschen hingegen sind ein sehr pünktliches, korrektes und zielstrebiges Volk, das ungern wartet und seine Arbeit meist etwas ernster nimmt als die Familie. Die meisten Deutschen beachten mit Sicherheit auch mehr Gesetze als die Italiener. Als Beispiel hierzu könnte ich jeden Urlaub in Italien heranziehen, wo ich des Öfteren mit ansehen musste wie Kinder unangeschnallt im Auto oder ohne Helm auf dem Motorrad saßen. Auch Kinder am Steuer habe ich sehr oft beobachten können, was die ganze Sache natürlich noch schockierender für mich machte.
Viele dieser Menschen sind sich ihrer Besonderheiten bewusst und stolz darauf, sich einem Land zugehörig zu fühlen. Doch was passiert, wenn eine Person viele verschiedene Züge in sich trägt, die eine genaue Zuordnung zu einer Nationalität nicht zulassen. Ich beispielsweise wurde in Deutschland geboren und zweisprachig erzogen, und parallel zum Leben innerhalb meiner Familie hatten deutsche Werte einen sehr großen Einfluss auf mich. Und genau dies hat dazu geführt, dass ich noch heute Besonderheiten beider Länder in mir trage und lebe. Der extreme Verbrauch von Espresso und der starke Bezug zu meiner Verwandtschaft sind demnach italienische Charakter-

züge, wohingegen die Zielstrebigkeit und Pünktlichkeit wohl eher deutscher Natur sind. Der Einfluss beider Länder hat mich Zeit meines Lebens nie wirklich gestört, sondern vielmehr stolz gemacht. Beschäftigt hat mich lediglich der Fakt, in Italien als Deutscher und in Deutschland als Italiener zu gelten. Eine Konstellation, die ein eindeutiges und völliges Zugehörigkeitsgefühl deutlich erschwert. Und so fühle ich mich noch heute sowohl Deutschland als auch Italien verbunden, obgleich ich in beiden Ländern eine Art Ausländer bin. In Italien würde man mich selbst nach Jahrzehnten, die ich dort gelebt hätte, mit Deutschland in Verbindung bringen. Ich sehe zwar aus wie einer von ihnen, aber meine deutschen Prägungen würden mich immer wieder aus der Menge herausstechen lassen. In Deutschland sieht die ganze Sache ein wenig anders aus. Hier kann ich zwar meine Bildung und Deutschkenntnisse für mich sprechen lassen, aber mein Aussehen und mein Name entsprechen nicht dem deutschen Durchschnitt. Somit bleibt mir nichts anderes übrig, als zu akzeptieren, dass mein Kopf und mein Herz zwei Ländern gehören, in denen ich gleichzeitig zuhause und fremd bin. An dieser Tatsache kann ich nichts ändern, es sei denn, ich ließe mich operieren oder rebooten.

10. Verständnis

Mein erster Arbeitstag nach dem Urlaub war etwas ungewohnt, da bereits am frühen Morgen mein Gehirn auf Hochtouren arbeiten musste. Ich beantwortete wichtige E-Mails, suchte meine Chemikalien und startete nachmittags bereits meine erste Synthese. Am späten Abend erzählte mir mein Projektpartner noch die neuesten Geschichten aus dem Arbeitskreis, und spätestens hier wurde mir bewusst, dass ich wieder zurück in Deutschland war. Zwar freute ich mich auf die zweite Hälfte meiner Promotion, doch ein wenig Fernweh war auch Tage später noch spürbar.

Abseits der Arbeit planten mein Projektpartner, mittlerweile ein sehr guter Freund, und ich einen Männerabend für die engsten Freunde, um ein wenig Stress abzubauen. Zur Terminabsprache wurden unzählige E-Mails an die Teilnehmer verschickt, wobei die Anlaufstationen von meinem Kollegen und mir geheim gehalten wurden. Nachdem der Hauptteil der Planung erledigt war, bat ich meinen Projektpartner in der Diskothek anzurufen, die der letzte Anlaufpunkt des Abends sein sollte. Irritiert schaute dieser mich daraufhin an, da er den Sinn des Anrufs nicht verstand. Ich versuchte ihm nun zu erläutern, dass es sechs Männer für gewöhnlich sehr schwer haben, die Türsteher zu überzeugen. Darüber hinaus schilderte ich ihm die Problematik für Ausländer, doch davon hatte er bis zu diesem Zeitpunkt noch nie etwas gehört. Zu seiner Verteidigung lässt sich aber sagen, dass er aus einem kleinen Dorf mit wenigen Ausländern kam, wo jeder in jede Diskothek reinkommt.

Ich schaffte es dennoch, ihn zu überzeugen, und er rief am gleichen Tag bei dem Geschäftsführer des Klubs an. Durch Zufall geschah dann etwas, was selbst mich erstaunte, denn der Herr am Telefon erkundigte sich bereits zu Beginn des Gesprächs nach der Nationalität unserer Gruppe. Sichtlich konsterniert schaute mein Kollege mich an und sagte wie aus der Pistole geschossen: „Wir sind alle Deutsche!". Die Person am anderen Ende der Leitung schrieb sich daraufhin den Namen meines Kollegen auf, und bestätigte, dass wir auf der Gästeliste stünden. Nach dem Telefonat blickte er sprachlos in meine Richtung, und ich fing lautstark an zu lachen, bis ihm seine Fassungslosigkeit letzten Endes aus dem Gesicht wich.

Infolgedessen erzählte ich meinem Kollegen erstmalig etwas über die Probleme meiner Jugend und machte ihm deutlich, dass wir uns damals ständig solchen Vorurteilen stellen mussten. Daher war das Verhalten solcher Personen nichts Neues oder Erschreckendes mehr für mich. Er wiederum konnte es nicht glauben, dass solche Fragen in der heutigen Zeit noch gestellt werden. Doch währenddessen machte ich mir schon Gedanken darüber, was der Türsteher oder Besitzer sagen würde, wenn er erkennen würde, dass wir gelogen hatten.

Viele Deutsche sind sich nicht darüber im Klaren, was es bedeutet, sich in der Lage vieler ausländischer Jugendlicher zu befinden. Sie gehen mit Freunden feiern, genießen den Abend und machen sich keine weiteren Gedanken über den Verlauf des Abends. Auch ich hätte mich damals gerne in solch einer Situation gesehen, doch der Abend mit meinen Freunden lief stets ein wenig anders ab. Die Planung für das

Wochenende begann meist Tage zuvor mit der Suche nach einer geeigneten Bar oder Diskothek. Fiel die Entscheidung der Mehrheit auf eine Einrichtung, in der sich normalerweise viele Ausländer aufhielten, war die Diskussion bereits nach einigen Minuten erledigt, denn für diese Läden bedurfte es keiner weiteren Organisation. Entschied sich die Gruppe jedoch für einen anderen Ort, wurde das ganze Gespräch ein wenig interessanter und vielschichtiger, da sich uns hierbei viele Fragen in den Weg stellten. Wie viele Personen können zusammen reingehen, ohne dass der Türsteher die Gruppe abweist? Wie verhalten wir uns, wenn ein Teil der Gruppe nicht reinkommt? Welche Kleidung passt zum Klub und wie benehme ich mich vor der Eingangstür? Diese und weitere Fragen mussten vor jedem Wochenende beantwortet werden, und raubten einem schon vor dem eigentlichen Abend den größten Spaß.

Doch meist einigten wir uns nach einer langen Diskussion auf eine Einrichtung und wagten unseren Versuch. Ging es gut, konnte ausgelassen gefeiert werden und die Planung war vergessen, allerdings waren solche Momente sehr rar gesät und mussten ausnahmslos genossen werden. Verlief der Einlass jedoch anders als erhofft, war der Abend für die meisten von uns so gut wie vorbei, denn der Spaß wurde einem dadurch fast vollständig verdorben. Die Türsteher holten hierbei die unsinnigsten Ausreden aus ihrem Repertoire, einmal waren es die Schuhe und das Hemd, ein anderes Mal war es die Frisur und einige Male war es die Auslastung des Ladens. Doch unter ihnen gab es ab und zu welche, die keinen Hehl daraus machten, dass keine Ausländer reingelassen

würden. Immerhin waren diese Personen ehrlich zu uns, was ich persönlich irgendwie schätzte.
In meiner Jugend fingen viele meiner ausländischen Freunde an, in Bars und Diskotheken zu arbeiten — und auch ich nahm einen solchen Job an. Ironischerweise arbeiteten wir genau in den Einrichtungen, die eine ausländerfeindliche Philosophie an der Tür vertraten. Und mit einem der Geschäftsführer führte ich zu jener Zeit eines der wohl unsinnigsten Gespräche meines Lebens. Begonnen hatte die Konversation damals mit seiner Aussage: „Viele Frauen stehen auf südländische Männer!". Auf meine Frage hin, wieso denn dann keine in seinen Laden reingelassen würden, erklärte er mir die 5-Prozent-Regel. Diese besagt, dass nur 5 Prozent der Gäste Ausländer sein dürfen, um die Wahrscheinlichkeit einer Prügelei zu vermeiden und um zugleich das Bedürfnis der Frauen nach südländischen Männern zu stillen. Mit welcher mathematischen Formel er auf diesen Prozentsatz gekommen ist, konnte er mir leider nicht beantworten, und noch heute frage ich mich, was mich damals in diesen Laden geführt hat. Doch erstaunlicherweise hatten meine Freunde und ich nun überall Einlass, wodurch sich unsere Mühe doch letztlich gelohnt hatte, zumindest ein wenig.

Die meisten meiner deutschen Freunde sehen heute keinen Ausländer mehr in mir, da ich in Deutschland geboren bin und perfekt Deutsch spreche. Leider teilen nicht alle diese Ansicht, und so war mir ein wenig unbehaglich zumute, als wir am Männerabend die Diskothek erreichten. Ein kurzer Blick in die Gruppe bestätigte meine Sorge, denn ich war die einzige Person mit ausländischen Wurzeln und damit meines Erachtens der Faktor des Scheiterns. Dementsprechend verhielt ich mich auch, als wir vor dem Türsteher standen und dieser uns musterte. Glücklicherweise nahm mein Kollege das Gespräch sofort in die Hand und nannte der Person seinen Namen für die Gästeliste. Dieser schaute gelangweilt auf seinen Block, fand jedoch keinen Vermerk über unsere Gruppe. Mein Projektpartner insistierte daraufhin, und versicherte ihm, dass wir angerufen hatten und mit dem Geschäftsführer alles abgesprochen war. Der Türsteher zeigte sich davon sichtlich unbeeindruckt und schaute erneut auf seine Liste. Einen kurzen Augenblick später fiel sein Blick auf mich und ich rechnete schon mit den irrwitzigsten Ausreden, doch er ging nur zur Seite und sagte: „Ihr könnt reingehen!". Die Anspannung in mir ließ auf Anhieb nach und wir konnten endlich in Ruhe den Laden betreten. Im Klub drehte sich mein Kollege anschließend zu mir um und bagatellisierte die Situation vor der Tür. Ich schaute ihn daraufhin nur an und gab ihm mit leichtem Lächeln Recht. Im selben Moment jedoch gingen mir tausend andere Gedanken durch den Kopf, mit denen ich versuchte fertigzuwerden.

Diese kleine Anekdote mag für viele Menschen lächerlich klingen, und dennoch zeigt sie, wie ein Abend mit Freunden nicht verlaufen sollte. Wer möchte mit solch einer Situation vor seinem Freundeskreis konfrontiert werden? Mit großer Wahrscheinlichkeit keiner von uns, da sie nur Ärger und Scham mit sich bringt. Natürlich ist es in solchen Momenten die einfachere Lösung, sich eine andere Diskothek zu suchen, doch das hätte Zeit gekostet und mit Sicherheit die bereits erlebten Stunden getrübt. Ob meine Herkunft letztlich

überhaupt eine Rolle in diesem Laden gespielt hätte, war mir im Grunde völlig egal, denn mir ging es nur noch um die Stimmung, die jene Situation in mir hervorgerufen hatte und die mich den ganzen Abend über begleitete. Ein Unwohlsein, aus verschiedenen Gefühlen wie Angst, Zorn, Scham, Frustration und Ohnmacht entsteht und mich seit meiner Jugend nicht losgelassen hat. Die schlimmste Empfindung verursacht hierbei die Ohnmacht, denn gegen diese kann ein Mensch am wenigsten ausrichten. Sie lässt sich am besten so beschreiben, dass egal wie sehr sich ein Mensch auch integriert hat oder integrieren möchte, es immer Personen geben wird, denen diese Bemühungen gänzlich egal sind. Ein Zustand, aus dem es keinen Ausweg gibt, solange wir unsere Vorurteile nicht abgelegt haben. Bedauerlicherweise war auch ich an diesem Abend voreingenommen und ging bereits mit negativen Gedanken vor die Tür, obwohl noch niemand mich benachteiligt hatte. Wodurch ich mich selbst zum Opfer machte und die Situation in meinem Kopf immer höher schaukelte. Ein Teufelskreis, der nur durch unsere Gesellschaft zustande kommt und schwer zu durchbrechen ist.
Meine Erzählung behandelt nur den Einlass in eine Diskothek, doch gibt es viele andere Situationen, in denen solch eine Abwertung uns täglich begegnet. Stellen wir uns beispielsweise ein ausländisches Kind vor, das bereits zu Schulzeiten von deutschen Mitschülern mit den typischen Vorurteilen konfrontiert wird. In die Ecke gedrängt versteht es vielleicht die Zusammenhänge noch nicht gänzlich, doch eine gewisse Abneigung entwickelt sich hierbei mit Bestimmtheit. Verstärkt sich dieses Gefühl in der Jugend, durch Besuche von Bars und Diskotheken oder durch abwer-

tende Blicke, nimmt die Aversion gegen Deutsche weiter zu. Dabei wird es immer unwichtiger, wer was sagt, denn das Feindbild wurde unglücklicherweise bereits geschaffen. Ich selbst habe genau solche Erfahrungen in meiner Jugend durchlebt, und es gab Zeiten, in denen mich dieser Unmut zur Verzweiflung brachte. Doch wie zuvor erwähnt, war ich nie ein aggressiver Mensch, wodurch ich es immer wieder schaffte, mich auf das Wesentliche zu besinnen. Nichtsdestotrotz finden sich viele Wege, um mit diesen Vorurteilen umzugehen, und einige dieser Wege sind bedauerlicherweise aggressiver Natur.

In meiner frühen Jugend hatte ich vornehmlich ausländische Freunde und wir alle haben im Laufe der Zeit negative Erfahrungen mit Deutschen gemacht, die einen mehr, die anderen weniger. Folglich gab es unter ihnen welche, die als letzten Ausweg die Gewalt wählten. Mir wurde dies relativ früh bewusst, und ich versuchte, wo ich nur konnte Überzeugungsarbeit zu leisten. Allerdings ließen sich nur wenige meiner Freunde von mir überzeugen, denn die meisten steckten schon zu tief drin. Ich hörte immer häufiger, dass sie sich prügelten und bei einer falschen Äußerung eines Deutschen zuschlugen. Situationen, in denen ich glücklicherweise nie dabei war.

Ich fand es schrecklich, dass es so weit kommen musste, aber ich gab hierfür nicht nur meinen Freunden die Schuld, sondern auch all denen, die sie zu dieser Endstation geführt hatten. Und auch wenn es sich zunächst befreiend anfühlen mag, der Wut freien Lauf zu lassen, so stärkt dies letztlich nur diejenigen Menschen, die von Vorurteilen leben und nur darauf warten, aggressive ausländische Jugendliche an den Pranger zu stellen. Daher sollten wir es vermeiden,

Kindern durch Vorurteile die Sinne zu vernebeln und ihnen stattdessen ermöglichen, selbst zu entscheiden.

Vor Abschluss meines zweiten Promotionsjahres geschah auf der Arbeit etwas für mich Unfassbares, doch um diese Geschichte besser zu verstehen, bedarf es einer kurzen Erläuterung des Zusammenhangs. In der organischen Chemie gibt es nur wenige wichtige Arbeitsapparaturen, allerdings sind diese für die Forschungsaufgaben essenziell. Um zu gewährleisten, dass alle Doktoranden bei Bedarf die Möglichkeit haben, diese Geräte während der Arbeitszeit zu nutzen, wurden Listen erstellt, in denen sich alle pflichtgemäß eintragen mussten. Somit hatte jeder Wissenschaftler die Gelegenheit, die für seine Arbeit nötigen Messungen besser einzuplanen. Eine Apparatur wurde hierbei besonders häufig verwendet, und so kam es bei dieser sehr oft zu langen Wartezeiten. Doch um die soziale Gerechtigkeit im Laboratorium sicherzustellen, musste die Reihenfolge wohl oder übel eingehalten werden. Die zu messende Probe konnte jedoch schon lange vor der Messung ins System eingebracht und im Computer eingetragen werden. Dadurch hatte jeder bei der Eingabe seiner Daten auf Anhieb die Warteliste mit den entsprechenden Namen vor sich. Allerdings hatte diese Vorgehensweise kleine Schwächen, die für viele sehr verlockend waren. Bei einer zu langen Liste hätte sich beispielsweise jeder, ohne dass es auf Anhieb aufgefallen wäre, nach vorn schieben können.
Als ich eines Morgens meine Proben in besagte Apparatur einstellte, prägte ich mir die Reihenfolge ein und ging zurück in mein Labor. Kurze Zeit später musste ich jedoch erneut an das Gerät, da ich meinen Schlüs-

sel dort liegen gelassen hatte. Zufälligerweise schaute ich währenddessen nochmals auf die Liste, und bemerkte im System eine Änderung in der Reihenfolge. Eine meiner Kolleginnen hatte ihre Probe vor die des indischen Doktoranden gestellt, was jedoch mit seiner Zustimmung ohne Weiteres möglich gewesen wäre. Bei den zwei asiatischen Doktoranden handelte es sich aber um zwei Personen, die sich stets zurückhielten, um nicht negativ aufzufallen. Unglücklicherweise waren sie auch unserer Sprache nicht mächtig, wodurch schlicht und einfach das volle Verständnis für die Regularien fehlte. Infolgedessen lebten sie ihre ganze Promotion über in der Angst, die Arbeitsstelle oder das Visum zu verlieren, obwohl ich mehrfach versucht habe, ihnen diese zu nehmen. Doch leider brachte meine Hilfe keinerlei Veränderung, was dazu führte, dass viele meiner Kollegen sich ihre Angst zunutze machten. Um dies auszuschließen, wollte ich Klarheit schaffen und erkundigte mich beim indischen Doktoranden darüber, was passiert sei. Allerdings schaute mich dieser nur apathisch an und sagte: „Es ist nicht das erste Mal, aber ich will keinen Ärger!". Fassungslos über seine Vorsicht versuchte ich ihm klarzumachen, dass ein solches Verhalten unsozial und falsch sei, jedoch erwiderte dieser nur, dass seine Angst, die Stelle zu verlieren, zu groß sei, um sich zu beschweren. Ein Umstand, der mich letztendlich dazu führte, selbst den Sachverhalt mit dieser Kollegin zu lösen.

Mit dem Einverständnis meines indischen Kollegen machte ich mich daraufhin auf den Weg und sprach die Sachlage direkt an. Doch alles, was ich von ihr als Antwort erhielt, war Bestürzung über meine Frage und folgender Ratschlag: „Du kannst es auch bei denen machen, die beschweren sich schon nicht, mach dir da keine Sorgen!". Sprachlos versuchte ich meine Empörung zu unterdrücken, obwohl ich simultan nach einem gigantischen Gegenstand im Raum suchte, den ich ihr an den Kopf werfen könnte. Trotz allem schaffte ich es aber sachlich zu bleiben und meine Haltung zu wahren, wenngleich der andere Weg mir sicherlich mehr Spaß gemacht hätte. So gab ich ihr zu verstehen, dass ihr Vorgehen asozial sei und ein solch schamloses Ausnutzen der Angst ausländischer Doktoranden von mir nicht toleriert werden würde. Obendrein stufte ich ihre Art und Weise als diskriminierend ein und drohte damit, den Dekan einzuschalten, sollte sich der Vorfall nochmals wiederholen. Aufgrund fehlender Argumente ihrerseits folgte der für sie letzte Ausweg, die Aktivierung der Tränendrüsen. Ein Gejammer, das jeder im Arbeitskreis mitbekam und innerhalb weniger Momente den Raum mit vermeintlichen Schlichtern füllte. Doch Weinen erweckt Mitleid, sodass für einige aus einem Schlichtungsversuch Parteiergreifen wurde. Ihre Tränen hatten somit ihr Ziel erreicht. Allerdings hatte mich meine Vergangenheit zu einem Menschen gemacht, den solch eine Mauer an Intoleranz nicht weiter stört. Aus diesem Grund gab ich nicht auf und vertrat meinen Standpunkt bis zum Schluss. Erfreulicherweise befanden sich nach einiger Zeit auch Kollegen im Raum, die meine Meinung teilten und mich unterstützten, was mir eine enorme Last von den Schultern nahm und mir die Gewissheit gab, nicht falsch zu liegen. Unglücklicherweise führte diese Auseinandersetzung zur Aufspaltung der Arbeitsgruppe in zwei Lager — ein Ergebnis, das ich weder abgesehen noch beabsichtigt habe. Doch es gibt Momente im Leben, in denen man für seine Prinzipien einstehen muss.

Angst kann ein sehr starkes Werkzeug der Manipulation sein, dessen sich Menschen bedienen, um ihre Ziele zu erreichen und Macht zu demonstrieren. Dabei stellen sich jedoch nur die wenigsten die Frage, welche negativen Auswirkungen dieses Hilfsmittel mit sich bringt. Ein Vorgesetzter kann zwar durch Angst Mitarbeiter antreiben, doch glücklich und zufrieden sollte seine Vorgehensweise ihn nicht machen, denn von allen gehasst oder gefürchtet zu werden, löst kein Gefühl des Stolzes aus. Vielmehr vertrete ich die Ansicht, dass ein gutes Arbeitsklima der beste Nährboden für Erfolg ist. Bei alledem geht es nicht darum, täglich mit den Mitarbeitern ein Bier zu trinken, sondern vielmehr um das Schaffen einer Vertrauensbasis. Stehe ich für meine Mitarbeiter ein, so kann jeder davon ausgehen, dass diese sich früher oder später erkenntlich zeigen werden. Denn die meisten Personen gehen gerne zur Arbeit, in dem Wissen, dort geschätzt und akzeptiert zu werden. Angst kann auch, wie in meiner Geschichte zum Teil gezeigt, dazu missbraucht werden, Menschen einzuschüchtern und zu unterdrücken. Eine Handlungsweise, die in ein anderes Jahrhundert gehört und heutzutage bestraft werden sollte. Doch viele sind in der Zeit stehen geblieben — was mitunter dazu führt, dass sie sich nach solchen Aktionen verzehren, um ihre Bedürfnisse zu stillen oder um diese Macht zu ihren Gunsten zu nutzen.
So erlebte ich vor vielen Jahren in einem Restaurant, in dem ich neben meinem Studium als Kellner tätig war, eine Situation, bei der sich zwei Gäste diese Art

der Beeinflussung zu Nutze machen wollten. Es war ein Samstagabend, als diese zwei dem Anschein nach wohlhabenden Kunden das Restaurant betraten, in dem ich arbeitete. Und obwohl ihr hochnäsiger Charakter mir jegliche Lust am Bedienen nahm, hatte ich das Glück, dass sie in meinem Kellnerbereich Platz bezogen. Bereits zu Beginn ging es mit den Beschwerden los. Sie ließen mich sofort spüren, sich für etwas Besseres zu halten. Indessen versuchte ich, höflich zu bleiben und all ihren Wünschen nachzukommen. Trotz allem folgte mit dem Hauptgang die lustigste Reklamation: Sie riefen mich an ihren Tisch, um sich über das Fett am Fleisch auszulassen. Am Ende ihrer Lektion folgte aber das eigentlich Interessante, als der Ehemann sagte: „Ich weiß zwar nicht was Sie in ihrem Land so essen, aber hier in Deutschland essen wir so was nicht!". Daraufhin setzte seine Gattin noch einen drauf und drohte mir mit den Worten: „Sie möchten ihren Job doch sicherlich behalten, also machen Sie ihn gut und bringen Sie uns ein neues Essen, oder ich gehe zu ihrem Chef!". Wie in vielen vorherigen Situationen stellte sich mir auch hier die Frage: Wie reagieren? Da ich durch meine Freude am Kochen etwas von Fleisch verstand, entschied ich mich kurzerhand für die aufklärende Variante: „Meine lieben Gäste, Sie haben ein Rib-Eye-Steak bestellt und da gehört das Fettauge nun einmal dazu, daher kommt auch der Name dieses Steaks. In meinem Land, Deutschland, essen wir gern solches Fleisch, da Fett ein sehr wertvoller Geschmacksträger ist. Doch für diese kleine Unwissenheit müssen Sie sich nicht schämen, denn dafür bin ich ja da. Sollten sie dennoch Fleisch ohne Fett wünschen, kann ich Ihnen gerne das Rinderfilet bestellen, doch sie sollten sich darüber bewusst sein, dass dieses Fleisch sehr teuer ist und möglicherweise nicht in ihrer Preisklasse liegt!". Für einige Sekunden herrschte eine wunderbare Stille, die aber nicht von Dauer sein sollte. „Wissen sie eigentlich, wer wir sind?", fragte die Frau. Leider konnte ich mich selbst in diesem Moment nicht zum Schweigen bringen, woraufhin ich antwortete: „Ja, Sie sind doch Frau und Herr interessiert-mich-nicht!". Sogleich stand die Frau auf und ging zu meinem Chef, um sich über mein Verhalten zu beschweren. Dieser rief mich kurze Zeit später zu sich, und fand die Geschichte so lustig, dass selbst er sich das Lachen nicht verkneifen konnte. Ein Tag, an dem glücklicherweise Humor und Gerechtigkeit siegten.

Die Aufspaltung der Arbeitsgruppe in zwei Lager führte zu einem schrecklichen Arbeitsklima. Es wurde nach dem Vorfall vermieden, gemeinsam essen zu gehen und Gespräche beschränkten sich auf das Wesentliche. Interessanterweise bestand eine Gruppe nur aus Deutschen, wohingegen sich die Gruppe, der ich angehörte nur aus Ausländern und meinem deutschen Projektpartner zusammensetzte. Eine Konstellation, die aussagekräftiger nicht hätte sein können und meinen Projektpartner und mich zur Verzweiflung brachte.
Das Fehlverhalten dieser Kollegin war jedem bewusst, verhinderte jedoch nicht, dass sich ein Teil der Arbeitsgruppe offensichtlich auf die Seite des Schuldigen gestellt hatte. Überdies fehlte dieser Gruppe der Anstand, sich öffentlich dazu zu äußern. Stattdessen kauerten sich jene Mitarbeiter immer häufiger zusammen und schmiedeten kontinuierlich neue

Pläne, um uns das Arbeitsleben zu erschweren. Wie etwa das Verschwinden neuer Glasgeräte und Chemikalien oder das Verriegeln von Laborschränken mit Vorhängeschlössern, was sich wohlgemerkt immer in einer Nacht- und Nebelaktion zutrug. Ein Maß an Feigheit, das ständig durch neue böswillige Handlungen übertroffen wurde, und kein Ende zu haben schien.

Auf welches Niveau steuerten diese Personen zu und was genau waren ihre Absichten? Eine Frage, über die sich meine Gruppe regelmäßig den Kopf zerbrach. Jedoch ging niemand von uns auf die Aktionen ein, denn schließlich befanden wir uns an einer Universität und nicht mehr im Kindergarten. Das wurde letztlich auch den anderen bewusst, so dass die Schlösser nach einiger Zeit nicht mehr an den Schränken befestigt waren. Nichtsdestotrotz behielt das Arbeitsverhältnis seine distanzierte und negative Stimmung bei, wodurch der letzte Abschnitt meiner Promotion ein wenig getrübt wurde. Ein Datenaustausch untereinander oder gegenseitige Hilfe bei Projekten existierte nicht mehr. Ein Verhalten, das der Forschung natürlich im Wege steht, da Wissenschaft von Kollaboration und Wissenstransfer lebt.

Unbegreiflich erschien mir auch die Tatsache, dass diese Menschen kein schlechtes Gewissen besaßen und es scheinbar tolerierten, als Rassisten bezeichnet zu werden. Denn dieses Verhalten stellte nichts anderes mehr für mich dar, zumal sie bereits zu Beginn jeglichen Kontakt zu den ausländischen Doktoranden gemieden hatten. Eine Entscheidung, mit der sie streng genommen bewiesen haben, dass eine egoistische Deutsche mehr Wert war als jeder Ausländer. Diese Handlungsweise machte mir schwer zu

schaffen, insbesondere, da diese Personen Deutschland vertraten und ein schlechtes Bild dieses Landes vermittelten. Und selbst wenn diese Verhaltensweise nicht repräsentativ für diesen Staat ist, so sollte sich jeder darüber im Klaren sein, welche Resultate hierdurch erzielt werden können.
Gleichwohl gaben mein Projektpartner und ich uns alle Mühe, dieses schreckliche Verhalten vergessen zu machen, indem wir uns nachhaltiger mit Problemen ausländischer Doktoranden befassten. Schließlich handelte es sich bei dem einen Kollegen, der sich gegen die Diskriminierung einsetzte, ja auch um einen Deutschen und somit einen Vertreter dieses Landes. Erstaunlicherweise überkam mich zu jener Zeit immer mehr das Gefühl, deutscher Staatsbürger werden zu wollen.

Jeder vertritt auf die eine oder andere Weise sein Heimatland und damit auch seine Mitmenschen. Das Verhalten einzelner Personen ist dabei — objektiv betrachtet — vernachlässigbar, doch muss sich jeder vor Augen halten, dass viele Menschen nur das Verhalten weniger benötigen, um sich eine Meinung über alle zu bilden. Und ist diese Ansicht einmal verinnerlicht, bedarf es großer Mühe, sich erneut davon zu lösen. Schlussendlich kann dies zur Entstehung von Klischees und Vorurteilen führen, mit denen ein Land behaftet ist. Diese können lustig sein und der Realität entsprechen, doch meist sind sie frei erfunden und beleidigend. Exemplarisch hierfür seien die italienischen Staatsbürger erwähnt. In ihrem Fall wäre ein lustiges Klischee oder Vorurteil, dass die meisten beim Sprechen den ganzen Körper einsetzen. Und auch wenn das für viele zutreffen mag, so würde ich es sicherlich nicht für die Mehrheit geltend machen. Was allerdings auf den Großteil aller Italiener zutreffen sollte, ist der hohe Konsum an Nudeln, denn ich persönlich kenne keinen Italiener, der eine Abneigung gegen Pasta hat. Jedoch kann jeder davon ausgehen, dass die Mehrheit aller Italiener es verletzend finden würde, als schleimige Person, Macho oder Mafiosi bezeichnet zu werden. Worte, die kein guter Einstieg für eine nette Konversation sind, auch wenn manche sich in der Vergangenheit so verhalten haben.

Ungeachtet der Tatsache, dass sich viele Klischees und Vorurteile harmlos anhören, überdauern einige davon Jahrzehnte und Generationen. Würde ich beispielsweise noch heute Abend mit viel Gel in den Haaren zehn Frauen in einer Bar ansprechen und hierbei den Spruch „Hey Baby, Lust auf einen italienischen Hengst?" verwenden, wäre das mit großer Wahrscheinlichkeit ein Grund für viele Frauen, italienische Männer in näherer Zukunft zu meiden. Somit kann das Auftreten einzelner bereits das Leben anderer negativ beeinflussen und dessen sollte sich jeder bewusst sein. Umso wichtiger erscheint es daher zu verstehen, wie wir alle mit Menschen aus fremden Ländern umgehen sollten. Vor allem darf keiner von uns die Augen verschließen, auch dann nicht, wenn diesen Menschen gerade Unrecht getan wird. Sich hierbei der Verantwortung zu entziehen, ist zwar der einfachste Weg, doch möchten auch wir in Zukunft nett in anderen Ländern empfangen werden, sollte dies nachdrücklich vermieden werden.

Ein längerer Aufenthalt von Ausländern in Deutschland bedeutet nicht, dass diese Menschen sich vollständig willkommen fühlen. Vielmehr sind hier arbeitstechnische Aspekte und der hohe Lebensstan-

dard ausschlaggebende Faktoren, die die Entscheidungen beeinflussen können. Und in dieser Situation ist der Satz „diese Menschen können ja das Land verlassen, wenn es ihnen nicht passt" nicht sonderlich hilfreich bei der Lösung dieser Angelegenheit, weil letzten Endes genau dieses Denken zur Zuspitzung des Problems führt und in allen Ansätzen falsch und egoistisch ist. Betrachte ich diesbezüglich meine Vergangenheit, so kann ich heute mit absoluter Bestimmtheit sagen, dass die fehlende Liebe zu Deutschland bis zum Abitur durch das Gefühl des Nicht-Willkommen-Seins verursacht wurde. Erst im Studium hat sich eine Zuneigung zu Deutschland entwickelt, weil es zu diesem Zeitpunkt viele Deutsche gab, die in mir keinen Ausländer mehr sahen, sondern einen Deutschen mit ausländischen Wurzeln. Und selbst nachfolgende negative Erlebnisse konnten dieses wachsende Gefühl nicht mehr überschatten, weshalb ich diesen Menschen zu großem Dank verpflichtet bin.

11. Vorurteile sterben nicht

Zu Beginn des dritten Jahres meiner Promotion wurde ich zu einer Tagung eingeladen, auf der ich einen Kurzvortrag über meine Arbeit halten durfte — für einen jungen Wissenschaftler ein echtes Privileg, auf das ich trotz Mehrarbeit nicht verzichten wollte. Und obwohl ich zu jener Zeit schon etliche Vorträge gehalten hatte, war ich vor diesem besonders nervös, da die Anzahl der Gäste größer als gewohnt war. Deshalb trainierte ich meine Rede immer und immer wieder, um mir vor dem Auditorium keine Blöße zu geben.
Als ich den Vortrag verinnerlicht hatte, war ich bereit für den großen Tag. Ich nahm ziemlich weit hinten im Hörsaal Platz und wartete, bis mein Name aufgerufen wurde. Nur kurze Zeit später war es dann schon so weit und ich konnte mit meinem Vortrag beginnen. Für meine Präsentation standen mir inklusive Diskussion nur sieben Minuten zur Verfügung, weshalb meine größte Sorge die Zeit war. Ich versuchte daher, möglichst schnell meine Ergebnisse vorzutragen, und dennoch klar und deutlich zu sprechen. Eine Fähigkeit, die nicht sehr einfach zu beherrschen ist und mich noch heute enorm fordert, denn ich höre öfters Beschwerden von Freunden und Kollegen, weil sie mir aufgrund meiner Sprechgeschwindigkeit nicht mehr folgen können. Das liegt wahrscheinlich am italienischen Einfluss, der mir jedoch an diesem Tag half, meinen Vortrag in englischer Sprache punktgenau und glücklicherweise auch verständlich abzuschließen. Ein nutzbarer Vorteil, der mir vorher nie aufgefallen war und durch den ich viel Lob für meine Arbeit und Präsentation bekam. Worte, die einem

Doktoranden wohltun und durch diese anstrengende und nicht immer leichte Zeit helfen.

Manchmal entwickeln sich bestimmte Eigenschaften, die zunächst als Nachteil betrachtet werden, im Laufe des Lebens zu Vorteilen.
Schließlich zeigt auch ein Blick in meine Vergangenheit vermeintliche Nachteile meiner Kindheit und Jugend, die sich letztlich zu Vorteilen gewandelt und mein Leben bereichert haben. Das Erlernen der italienischen Sprache beispielsweise kostete mich damals drei bis fünf weitere Schulstunden pro Woche und war von dem Begriff Spaß sehr weit entfernt. Allerdings bin ich heute meinen Eltern sehr dankbar dafür. Nicht wegen der Schnelligkeit des Sprechens, sondern vielmehr für die Möglichkeit, mich mit Verwandten und Freunden aus Italien auszutauschen, oder italienische Nachrichten und Filme zu verstehen. Ein weiterer scheinbarer Nachteil meiner Jugend war es, in zwei verschiedenen Kulturen heranzuwachsen, denn dies führte sehr oft zu Spannungen mit beiden Seiten. Doch nur dadurch besitze ich heute das Verständnis darüber, was diese Kulturen ausmacht. Und diese Kenntnis kann ich mir heute jederzeit zunutze machen, selbst wenn es hierbei nicht konkret um diese zwei Kulturen geht. Sie hilft mir, mich in Menschen hineinzuversetzen und nachzuvollziehen, aus welchem Grund bestimmte Handlungen vollzogen werden. Darüber hinaus kann ich mit Hilfe dieses Wissens zur besseren Integration von Ausländern und zum besseren Integrationsverständnis von Deutschen beitragen.
Ein Werkzeug, das heute mehr denn je gebraucht wird und keinesfalls vernachlässigt werden sollte.

Angesichts der arbeitsintensiven Promotionszeit versuchte ich, die wenige verbliebene Freizeit bestmöglich zu nutzen. So entschieden meine Freunde und ich uns im Februar 2011 spontan, das Fußballspiel Deutschland-Italien live im Stadion zu sehen. Eine Begegnung, auf die ich mich wirklich sehr freute, da sie zu den Klassikern des Fußballs zählt. Und obwohl ich in Deutschland aufgewachsen bin, muss ich zugeben, dass ich bei dieser Partie stets zu Italien halte. Das liegt wahrscheinlich daran, dass ich schon als Kind eine Vorliebe für die Azzurri hegte, was natürlich durch den Einfluss meiner Familie deutlich verstärkt wurde.

Als wir damals das Stadion erreichten und bereits die erste Bratwurst zu uns genommen hatten, wurden wir von Ordnern kontrolliert und abgetastet. Mein Ordner war bei dieser Gelegenheit besonders gründlich, schaute mich anschließend an und fragte: „Du machst aber heute keinen Ärger, oder?". Etwas irritiert von seiner Frage erwiderte ich: „Wieso soll ich denn heute Ärger machen?". Woraufhin er antwortete: „Einige deutsche Fans werden bei einem Sieg von Italien ein wenig ausfallend und beleidigend, also nimm das Ganze nicht so ernst.". Mit einem Lächeln versicherte ich ihm, keinen Streit anzufangen und selbst bei solchen Bemerkungen ruhig zu bleiben. Wenngleich ich seinen Kommentar noch nicht richtig zuordnen konnte, da ich vorher noch nie ein Länderspiel im Stadion gesehen hatte.

Lustige Auseinandersetzungen mit Freunden war ich zu jener Zeit schon längst gewohnt, wenn es um solche Fußballspiele ging, aber Beschimpfungen warfen wir uns dabei nie an den Kopf, weshalb ich davon ausging, dass der Ordner ein wenig übertrieben hatte. Doch bereits zu Beginn des Spiels sollte ich eines Besseren belehrt werden, denn neben mir saß ein kleiner Junge mit seinem Vater, der sich kaum noch bremsen konnte. Diese Person schaffte es, innerhalb kürzester Zeit Beschimpfungen zu generieren, die selbst ich noch nie zuvor gehört hatte, und mich durchweg verstummen ließen. Unzählige Klischees wurden dabei von ihm ausgepackt und immer wieder neu interpretiert. Das Ganze hatte etwas von einem Diskriminierungs-Wettbewerb, und es war irgendwie lustig mit anzusehen, wie dieser Mann diesen Wettbewerb, dessen einziger Teilnehmer er war, versuchte zu gewinnen. Verwirrenderweise schaute er mich dabei immer wieder freundlich an und versuchte, mich mit seinen Äußerungen zum Lachen zu bringen. Wodurch alles noch beängstigender wurde, da er mir meine Herkunft mit Bestimmtheit ansehen konnte. Infolgedessen kam ich zu dem Schluss, dass diese Person es einfach nicht ernst meinen konnte, sondern vielmehr die Zeit im Stadion nutzte, um sich komplett abzureagieren. Unruhe jedoch bereitete mir die Tatsache, dass sein etwa acht Jahre alter Sohn jede Beleidigung mitbekam. Denn dieser schaute die meiste Zeit über nur noch zu seinem Vater, womit das eigentliche Spiel für ihn vollständig die Bedeutung verlor und ausgeblendet wurde. Eine Erziehungsmethode, die mit absoluter Sicherheit in eine komplett falsche Richtung steuerte.

Kinder sind in jungen Jahren wie Schwämme, die alles aufsaugen, was ihnen vorgelebt und beigebracht wird. Sie unterscheiden bei alledem nicht selbst zwischen gut und schlecht oder richtig und falsch, sondern übernehmen vielmehr Meinungen, ohne sie zu

hinterfragen. Die Feinarbeit müssen an dieser Stellte die Eltern, Geschwister und nahen Verwandten übernehmen. Es ist dabei sehr wichtig, behutsam vorzugehen, da dies das Fundament für die nächsten Jahre darstellt.
Den wichtigsten Beitrag zur Errichtung dieses Grundsteins leisten die Eltern, da sie dem Kind zum Vorbild dienen und somit den größten Einfluss nehmen können. Dieser Verantwortung müssen sich beide Elternteile bewusst sein, denn an dieser Stelle Fehler zu machen, lässt kleine Risse im Fundament entstehen, die nur mühselig zu reparieren sind. Demnach kann bereits eine Abneigung der Eltern gegenüber Ausländern bei Kindern einsickern und sich im Laufe des Lebens wie ein Krebsgeschwür ausbreiten. Eine Vorstellung, bei der mir ganz unwohl wird, da diese „Krankheit" nicht von selbst entstanden ist, sondern durch andere hervorgerufen wurde. Dies bringt gravierende Probleme für die Zukunft des Kindes mit sich, und obwohl viele dieser heranwachsenden Kinder es schaffen, sich selbst zu heilen, sind einige irgendwann komplett von dieser „Krankheit" befallen.
Ein sehr guter Freund von mir bekam schon in seiner Kindheit von Eltern und Geschwistern gesagt, dass Deutsche einem Ausländer nur Schlechtes wollen. In diesem Glauben wuchs er auf und konnte bis zu seinem zwanzigsten Geburtstag keinem Deutschen Vertrauen schenken. Er vermied engeren Kontakt und versuchte, sie stets aus seinem Leben herauszuhalten. Doch zu Beginn seiner Ausbildung lernte er einen deutschen Kollegen kennen, mit dem er notgedrungen den Hauptteil seines Tages verbringen musste. Und obwohl es ihm damals unheimlich schwer fiel, sich mit

seinem deutschen Kollegen zu unterhalten, schaffte er es schließlich, sich von der Beeinflussung der Familie zu befreien, und über sich selbst zu entscheiden. Ein Unterfangen, das ihn unheimlich viel Kraft und Zeit gekostet hat. Dieses Beispiel zeigt, dass solche Begebenheiten nicht nur von Deutschen erzeugt werden, sondern auch von ausländischen Familien ausgehen können.
Bedauerlicherweise kann die Erziehung durch solche Eltern nicht vom Staat unterbunden werden, weshalb die Hoffnung darin liegt, dass die heranwachsende Generation die Fehler erkennen und vermeiden lernt.

Während meiner Promotion begegneten mir immer wieder Geschichten, die belegten, dass Themen wie Integration und Ausländerfeindlichkeit noch immer aktuell und allgegenwärtig sind. Mein Vater beispielsweise musste mehr als vier Jahre kämpfen, bis er seinen Antrag für die Erwerbsminderungsrente durchgesetzt hatte. Ein wirklich nervenaufreibender Prozess, der meiner Familie viel Leid und Demütigung gebracht hat. Neben Ärzten, die zur Erstellung eines ärztlichen Gutachtens nur wenige Minuten benötigten, und Beamten, die meinen Vater bereits bei Eintritt als Simulanten abstempelten, versuchten die Behörden, meine Eltern mittels förmlicher Dienstschreiben zu missleiten. Glücklicherweise besaßen sie eine Rechtsschutzversicherung, wodurch bereits zu Beginn des Verfahrens ein Rechtsanwalt eingesetzt werden konnte. Dennoch war es bedauerlich mit anzusehen, dass in der Auffassung vieler Ärzte und Beamte die Schwäche meines Vaters in der deutschen Sprache auch auf eine Schwäche in Glaubwürdigkeit und Intellekt hinauslief. Ein Kurzschluss, dem viele

Menschen erliegen, obwohl das Beherrschen einer Sprache nicht mit Intelligenz gleichzusetzen ist.
Eine weitere Erzählung aus meinem sozialen Umfeld betrifft einen sehr guten Freund, der die deutsche Staatsbürgerschaft besitzt, aber im Iran geboren wurde. Rein optisch betrachtet würde selbst ein Blinder nicht vermuten, dass er ein Deutscher ist, nichtsdestoweniger ist er hier aufgewachsen und kulturell mehr Deutscher als Iraner. Lange Zeit versuchte dieser Freund vergeblich, für die Gründung eines Unternehmens einen Bankkredit zu erhalten, obgleich der Hauptteil der Banken von seiner Idee begeistert war. Beim Unternehmen handelte es sich jedoch nicht um ein Geschäft für Perserteppiche, wofür er mit Sicherheit einen Kredit erhalten hätte, sondern vielmehr um eine Plattform für Wohngemeinschaften und Immobilien. Das Auftreten der Geldhäuser führte letztlich zur Einstellung eines deutschen Geschäftsführers, der das Konzept und die Firma nach außen hin repräsentieren sollte. Ein Gedankengang, der selbst deutschen Bankangestellten aufzeigen sollte, wie lächerlich und kleingeistig sie sich zuweilen verhalten.
Während meiner Doktorarbeit lernte ich viele neue Freunde kennen, von denen zwei aus der ehemaligen DDR stammten. Ein Teil Deutschlands, von dem ich bis dahin nichts Außergewöhnliches gehört hatte, weshalb unsere Freunde uns überredeten, eine Tour in die neuen Bundesländer zu unternehmen. Ein Entschluss, der mir ein sehr positives Bild verschaffte und Städte wie Berlin, Leipzig und Dresden näherbrachte. Das interessanteste Vorkommnis ereignete sich aber bereits bei der Durchfahrt des ersten Städtchens in Ostdeutschland, denn hier hingen aufgrund

des Wahlkampfs an jeder Ecke Plakate der NPD, wobei eines mich besonders amüsierte. Dieses zeigte drei ausländisch aussehende Personen auf einem fliegenden Teppich mit der Überschrift „Guten Heimflug". Ein Bild, das sehr schön zeigt, dass diese Partei zwar sehr unterhaltsam sein kann, aber von Politik nicht wirklich viel versteht. Als gut gemeinten Rat empfehle ich diesen Menschen, mehr Zeit in ihre Allgemeinbildung zu investieren, anstatt Deutschland lächerlich aussehen zu lassen.

Politiker nutzen stets die Gunst der Stunde, um Politik zu machen, wobei nicht immer das Wohl der Menschen im Vordergrund steht, zumindest gilt dies für die meisten ihrer Art. So entstehen Diskussionen und Verbesserungsvorschläge erst dann, wenn eine Schlagzeile ihre Kreise zieht und sie sich genötigt fühlen, dazu Stellung zu nehmen. Steht beispielsweise ein Artikel über Kindermangel in der Zeitung, wird erneut das Schaffen von Kindertagesstätten debattiert. Sterben bei einem Autounfall Menschen, interessieren sich urplötzlich wieder alle für Geschwindigkeitsbeschränkungen. Und wird bei einer Auseinandersetzung ein Deutscher von mehreren Türken geschlagen, so spricht die Politik abermals über Integration. Leider sind diese Themen nur für eine kurze Zeit von Interesse, wodurch Lösungen generiert werden, die nur temporär eine Besserung mit sich bringen. Entschlossenheit sieht für mich jedoch ganz anders aus. Gewiss sind Gesten des Staates wie der Integrationspreis sehr nett anzuschauen, aber das Hauptproblem wird dadurch mit Sicherheit nicht behoben. Zudem sollte sich die Regierung nicht selbst auf die Schulter klopfen, nur weil mehrere Personen mit

Migrationshintergrund für die deutsche Fußballnationalmannschaft spielen. Dies ist kein Indiz für eine sich stetig verbessernde Integration, sondern bedeutet nur, dass diese Jungs gut Fußball spielen können. Bedauerlicherweise sind Kinder und Jugendliche mit Migrationshintergrund meist schlechter ausgebildet als ihre deutschen Mitschüler, wodurch sich einmal mehr zeigt, dass Bildung der Schlüssel zum Erfolg ist. Demnach sollten Politiker endlich damit aufhören, Preise für eine gelungene Integration zu verteilen und sich stattdessen auf die Problematik des Schulsystems konzentrieren. Erfahrungsgemäß würde ich nämlich davon ausgehen, dass es Schüler mit ausländischen Wurzeln, wenig interessiert einen Integrationspreisträger im Fernsehen zu sehen, während sie selbst mit schwer lösbaren Problemen zu kämpfen haben. Aufgrund dessen wäre es angebracht, neue Förderungsmaßnahmen für ausländische Familien ins Leben zu rufen, um die seit Jahrzehnten andauernde Diskussion über Integration endlich zu beenden.

12. Als Ausländer geboren

Der Tag war endlich gekommen, an dem ich mit der Zusammenschrift meiner Dissertation beginnen durfte. Es waren nunmehr zweieinhalb Jahre seit Beginn meiner Doktorarbeit vergangen, und ich konnte das Ende kaum noch abwarten. Dies jedoch nicht, weil die Arbeit mir keinen Spaß machte, sondern vielmehr, weil ich mich bereit fühlte und genügend Ergebnisse zur Verfügung hatte. Infolgedessen begann ich mit der Suche nach passender Literatur für die Einleitung und nach den nötigen Materialien für den Ergebnisteil. Ein Vorgang, der sich über mehrere Wochen erstreckte und nicht den spaßigsten Abschnitt meiner Promotion darstellte. Mit dem Ende der Suche startete sogleich die Erläuterung meiner Ergebnisse — eine Phase meiner Arbeit, während der ich viel Zeit hatte, um über mich und meine Forschungsergebnisse nachzudenken. Da ich es vorzug in der Nacht zu schreiben, fand diese Gedankenarbeit meist zwischen zehn Uhr abends und vier Uhr nachts statt. Ein Zeitraum der vollkommenen Ruhe, in dem niemand mich unterbrechen und stören konnte. Und so gingen mir zu jener Zeit außerordentlich viele Gedanken über meinen Integrationsprozess und meine Vergangenheit durch den Kopf. Auch stellte ich mir einige Fragen: Bin ich bereits Deutscher? Ist es jetzt an der Zeit, sich einbürgern zu lassen?

Wenngleich ein Blick in meine Vergangenheit mir viele ungerechte Erinnerungen offenbarte, trugen unlängst erfahrene Erlebnisse dazu bei, dass ich meist mit gemischten Gefühlen auf diese Fragen antwortete. Denn wie ein richtiger Deutscher fühlte ich mich auch jetzt noch nicht. Allerdings erging es mir mit dem

Italienischsein genauso, wodurch ich mich zwar zwei Ländern zugehörig fühlte, jedoch keines dieser Länder gefühlsmäßig überwog.
Mit Italien verband ich den Großteil meiner Familie und viele meiner Urlaube, wohingegen sich in Deutschland fast mein gesamtes Leben abgespielt hatte. Zweifelsohne hatten beide Kulturen meinen Charakter geprägt, doch eine Entscheidung für nur ein Land kam für mich damals nicht infrage.

Es als Ausländer an die Universität zu schaffen kann sehr oft steinig und hart sein, und je höher diese Bahn einen führt, desto einsamer wird es um einen herum. Mit steigendem Bildungsniveau sinkt auch die Zahl ausländischer Kollegen und nur noch vereinzelt begegneten mir hier Menschen gleichen Ursprungs, wodurch die soziale Diskrepanz einem ständig vor Augen geführt wird. Eine Bürde, die sehr schwer wiegt und einem die Hoffnung auf ein besseres Deutschland trübt. Dieses vermeintliche Problem stellt aber in Wirklichkeit nur den ersten Schritt in die richtige Richtung dar. Denn selbst, wenn ausländische Studenten zur Zeit keine große Gruppe an deutschen Hochschulen ausmachen, so steigt deren Anzahl doch stetig an.[4]
Durch diesen Prozess können wir also davon ausgehen, dass irgendwann ein entsprechend hoher Prozentsatz ausländischer Studenten an deutschen Hochschulen eingeschrieben ist, wenngleich eine Stärkung dieser sozialen Schicht mit hoher Wahrscheinlichkeit zu einer Beschleunigung führen würde.

[4] © *Statistisches Bundesamt, Wiesbaden 2013.*

Obwohl der Anteil von Migrantenkindern in höheren Bildungseinrichtungen sehr gering ist, schließen diese sich meist in Gruppen zusammen, sei es in der Oberstufe oder an Hochschulen. Somit findet für viele auch hier eine gewisse Abgrenzung von Deutschen statt, die zwar nicht so gravierend, aber gewiss noch erkennbar ist. Zweifelsohne geht es hierbei nicht immer um Abneigungen, sondern vielmehr um den Zusammenhalt innerhalb dieser Gruppe.
Denn die Zugehörigkeit zu einer Minderheit führt zu einer starken Verbundenheit, die vor äußeren Einflüssen schützt und Geborgenheit schenkt. Selbst die Art, miteinander zu sprechen, ist eine ganz Andere, wodurch ziemlich schnell Barrieren durchbrochen und Freundschaften geschlossen werden können.
Nichtsdestotrotz begehen viele bei dieser Gelegenheit einen Fehler, der zur Differenzierung zwischen Deutschen und in Deutschland aufgewachsenen Ausländern führt. Ein Beschwernis, das auf diesem Bildungsniveau nicht mehr vorkommen sollte.
Ich selbst habe während meiner Studienzeit unentwegt versucht, ausgrenzenden Gruppen fern zu bleiben. Wichtig für mich war es hierbei, Anschluss bei all meinen Kommilitonen zu finden, wenngleich die Bildung von Gruppen keineswegs unterbunden werden konnte. Die Aufteilung findet jedoch hier nach Charaktereigenschaften und nicht nach Nationalitäten statt. Ein Faktor, der sehr wichtig für die Betrachtungsweise ist und beispielhaft für andere Mitstudenten sein kann. Des Weiteren sollte sich ein jeder darüber im Klaren sein, dass eine durchmischte Gruppenstruktur Ansichten vermitteln kann, die Personen prägen und aufklären.

Mir selbst wurde zu jener Zeit sehr deutlich, dass ich als Migrantenkind nicht fortwährend richtig mit meiner Meinung und Denkweise lag, da viele meiner deutschen Kommilitonen sich über Eigenschaften von Ausländern beschwerten, die der Großteil der Ausländer auf gleiche Weise den Deutschen vorwarf. Ein passendes und lustiges Beispiel der Deutschen hierfür war, dass Migranten mehrheitlich vermeiden, Anschluss zu finden und stattdessen lieber unter sich bleiben. Eine Betrachtungsweise, die in meinen Augen ironischer nicht hätte sein können, da die Ansichten der unterschiedlichen Nationalitäten des Öfteren deckungsgleich sind, wodurch sich die zu überwindende Verschiedenartigkeit unversehens vermindert. Das sollte auch bei Skeptikern ein gewisses Maß an Verständnis erzeugen und den Integrationsprozess deutlich verkürzen.

Als ich mir intensivere Gedanken über meine Einbürgerung machte, kam mir unentwegt der Gedanke, wie meine Freunde und Verwandten auf meine Entscheidung reagieren würden. Viele haben den Großteil ihres Lebens in Deutschland verbracht, und alles, was sie mit ihrer vermeintlichen Heimat verband, war ein Stück Papier und einige Verwandte. Doch konnten sich nur die wenigsten vorstellen, ihren Pass abzugeben oder die deutsche Staatsbürgerschaft zu beantragen. Es herrschte eine generelle Abneigung gegen diese Vorstellung, und viele sahen es als eine Art Hochverrat an, ihre Nationalität abzugeben. Und das, obwohl Deutschland den meisten eine bessere Zukunft ermöglicht hat als die Länder ihrer Herkunft. Belustigend war es auch sich mit Menschen zu unterhalten, die in Deutschland geboren und aufgewachsen waren

und die sich trotzdem zu 100 Prozent mit einer anderen Nationalität brüsteten. Meist mit Ländern, von denen sie nur einige Urlaubsorte benennen konnten und sonst nichts. Gewiss spielen die Erziehung und erlebte Urlaubsmomente eine große Rolle in dem Ganzen, doch die Mehrheit verarbeitet so meines Erachtens erlebte soziale Ungerechtigkeiten. Denn der ausländische Ausweis ermöglicht es ihnen, sich abzugrenzen und aufzufallen.
Nachdem einige Wochen mit dem Schreiben meiner Dissertation vergangen waren, stand für mich der Entschluss fest, mich nach meiner Doktorprüfung einbürgern zu lassen, unter der Bedingung, auch meinen italienischen Ausweis behalten zu dürfen — was glücklicherweise durch ein Abkommen zwischen Deutschland und Italien möglich war. Beide Länder spiegeln meinen Charakter wider, und ich sah es daher als meine Pflicht an, beide Nationalitäten zu besitzen. Als ich meine Eltern über meine Entscheidung informierte, reagierten diese entspannter, als ich es erwartet hatte. Sie verstanden meine Argumentation und fanden meine Einstellung zur Thematik sehr klug. Mein Bruder äußerte sich ein wenig sarkastischer über die Angelegenheit, denn er ließ es sich nicht nehmen, mich mit einem Lachen als Verräter zu bezeichnen. Und das, obwohl seine Frau und seine Tochter deutsche Staatsbürgerinnen sind. Es gehört wahrscheinlich einfach zur Geschwisterliebe dazu, sich ab und zu solche Worte an den Kopf zu werfen.
Ganz anders verhielt sich die Sachlage jedoch bei vielen meiner ausländischen Freunde. Sie wollten meine Entscheidung nicht wahrhaben und versuchten, mich von meinem Entschluss abzubringen. Argumente wie: „Bist du nicht stolz, Italiener zu sein?" und

„Ich würde mein Land niemals so hintergehen!" gehörten dabei zur Tagesordnung. Wohlgemerkt waren all diese Personen nie länger als sechs Wochen am Stück in ihrer angeblichen Heimat. Es kostete mich somit sehr viel Zeit und Energie, diesen Personen meine Überzeugung verständlich zu machen, auch wenn viele es auch dann nicht vollständig nachvollziehen konnten. Meine deutschen Freunde waren da viel entspannter, vor allem, weil die meisten bereits dachten, dass ich die deutsche Staatsbürgerschaft besäße. Sie verstanden auf Anhieb meine Einstellung, und begrüßten meine Entscheidung, mich einbürgern zu lassen.

Bereits während des Zusammenschreibens vereinbarte ich einen Termin beim Bürgeramt, um Informationen zur Einbürgerung einzuholen. Ich verbrachte zwei Stunden in einem kleinen Wartezimmer, in dem etwa zehn verschiedene Sprachen gesprochen wurden, bis meine Wartenummer endlich auf der Tafel erschien. Mit meinem Zettel in der Hand betrat ich daraufhin das Amtszimmer einer älteren Dame, die mir ein liebloses „Guten Morgen!" entgegenwarf und mich bat, Platz zu nehmen. Das Gespräch mit der Beamtin verlief sehr gut, und alle wichtigen Details wurden mir näher erläutert. Nachdem mehr als zwanzig Minuten der Konversation vorüber waren, schaute sie mich mit großen Augen an und wollte wissen, ob ich einen deutschen Text lesen und verständlich wiedergeben könnte. Anfangs hielt ich diese Frage für einen Scherz und schmunzelte. Doch als mir bewusst wurde, dass die Dame es ernst meinte, wies ich sie darauf hin, dass ich mein Abitur und ein komplettes Studium in Deutschland absolviert hatte und wir uns seit zwanzig Minuten auf Hochdeutsch unterhielten. Sichtlich verlegen schaute mich die Beamtin daraufhin an und sagte: „Na dann können wir den Text ja überspringen!". Eine Situation, die peinlicher nicht hätte sein können und zeigt, dass es oft Momente im Leben gibt, in denen sich ein jeder wünscht, den Mund lieber nicht aufgemacht zu haben.

Vergleiche ich die Problematik meiner Kindheit und Jugend mit der arabischer Kinder und Jugendlicher, so fallen mir dort keine allzu großen Unterschiede auf. Im höheren Alter jedoch sieht das Ganze etwas anders aus. Ein europäischer Student beispielsweise findet meist mehr Akzeptanz unter seinen deutschen Kommilitonen. Bei Nicht-Studenten sind Menschen arabischer Herkunft auch nicht sonderlich beliebt. Was mit Bestimmtheit nicht mit dem Aussehen zusammenhängt, sondern vielmehr Religion und Kultur betrifft. Für die Vielzahl der Europäer spielt Religion heute nur noch eine geringere Rolle im Leben — und damit meine ich nicht den Glauben an sich, sondern den Einfluss der Religionszugehörigkeit auf den Alltag. Auch das Bild der Frauen weist gravierende Unterschiede auf, denn während in vielen arabischen Staaten die Frauen auf das alltägliche Leben wenig Einflussnahme haben, sind sie in Europa den Männern gleichgestellt. Zwar ist die Frauenquote für Unternehmen in Europa noch ein intensiv diskutiertes Thema, doch das ist verglichen mit den Problemen mancher arabischer Frauen eine Nebensächlichkeit. Diese unterschiedlichen Ansichten führen letztlich zu einer Abneigung und Distanzierung. Das Problem an sich lässt sich nur schwer beheben, und daher bin ich der festen Überzeugung,

dass Menschen, die in Europa leben auch die europäischen Werte übernehmen sollten.
Das Zusammenleben an sich stellt keine Hürde für Religionen und Kulturen dar, denn jeder darf hier glauben, an wen oder was er will, solange niemand anderes darunter leiden muss. Sich selbst ab- und auszugrenzen löst auf Dauer auch nicht das Problem und bringt früher oder später schwere Folgen mit sich. Die Hoffnung liegt daher bei den jüngeren Generationen der arabischen Bevölkerung, da diese in Zukunft die Akzeptanz der deutschen und europäischen Bürger entscheidend mit beeinflussen werden. Denn übernehmen sie die Werte und Ansichten alter Generationen, führt dies unweigerlich zu einer Verschlechterung. Wir sollten somit den jungen Menschen arabischer Abstammung offen begegnen und ihnen die Möglichkeit geben, es besser zu machen als ihre Vorgänger. Ein direkter Konfrontationskurs würde diesen Prozess nur unnötig erschweren und der Integration komplett im Wege stehen. Folglich sollten wir diesen Personen nicht mit Missachtung begegnen, sondern versuchen, den Jüngeren die Augen zu öffnen, um ihnen und uns eine bessere Zukunft zu ermöglichen.
Eines der wohl schlimmsten Erlebnisse zu dieser Thematik hatte ich in einem Sommerurlaub auf Sizilien, als ich mich kurz nach dem Besuch einer Disko auf dem Heimweg befand und einen flüchtigen Bekannten traf. Völlig aufgewühlt erzählte mir dieser damals etwa 17-jährige Junge von zwei Marokkanern, die er verprügeln wollte. Zur Unterstützung hatte er weitere sechs Freunde bei sich, die nicht sehr sympathisch auf mich wirkten. Als ich ihn fragte, was die beiden falsch gemacht hatten, folgte keine Begrün-

dung, sondern die Aussage: "Wir haben nur Lust, den Arabern auf die Fresse zu hauen!". Ich war fest entschlossen, ihn von der Idee abzubringen. Doch kam ich wohl zu spät, denn die beiden Gruppen hatten sich bereits gefunden und schon begann eine Kampfszene wie aus einem Playstation-Spiel. Ziegelsteine flogen durch die Gegend und die zwei marokkanischen Jugendlichen wurden von allen Seiten geschlagen. Beim Versuch einzugreifen fiel ich zu Boden und sah, wie die Gruppe plötzlich die Flucht ergriff. Nicht weit von mir entfernt lagen die beiden Marokkaner. Ihre Gesichter waren blutig, doch glücklicherweise bewegten sie sich noch. Traumatisiert begleitete ich sie zum nahegelegenen ärztlichen Bereitschaftsdienst. Auf dem Weg dorthin wollte ich die Polizei verständigen, doch sie hielten mich davon ab. Zu viele Probleme würden dadurch auf sie zukommen, sagte einer der Jungen, während der andere mich regelrecht anbettelte, ihnen das nicht anzutun.
Beide erlebten eine solche Aktion nicht zum ersten Mal, denn der Hass gegenüber Arabern war in Italien zur damaligen Zeit besonders groß. Nicht allein wegen ihrer Herkunft oder Religion, sondern auch weil auch hier die Sorge bestand, dass Migranten die knappen Arbeitsplätze besetzten — ein wirklich befremdlicher Gedanke, in einem Land zu leben, in dem man nicht gewollt ist und auch offen angefeindet wird. Nachdem ich versucht hatte, mich irgendwie für die italienischen Jugendlichen zu entschuldigen, ging ich nach Hause. Noch heute gehen mir diese Bilder manchmal durch den Kopf und schockieren mich immer wieder aufs Neue. Den flüchtigen Bekannten traf ich viele Jahre später erneut und wir unterhielten uns über diesen Vorfall. Betreten gestand er sich

seinen Fehler ein, womit zumindest das Alter ihm ein wenig Verstand geschenkt hatte.
Dieses Bild sollte jedem aufzeigen, dass die Hoffnung dieser Menschen auf ein besseres Leben so groß ist, dass selbst ein solcher Schmerz überwunden wird.

Die Anfertigung meiner Doktorarbeit neigte sich dem Ende zu und die ersten Versionen wurden Freunden zur Korrektur übergeben. Ein befreiendes Gefühl, denn nach der hundertsten eigenen Korrektur entwickelte ich eine Art Antipathie gegen meine eigene Arbeit. Insgesamt bekamen fünf Freunde vor der Abgabe meine Arbeit zu Gesicht. Viel zu korrigieren gab es glücklicherweise nicht, und so vereinbarte ich nur kurze Zeit später einen Termin mit meinem Vorgesetzten. Als ich ihm meine mehr als dreihundertseitige Doktorarbeit in die Hand drückte, bat ich ihn darum, mir Bescheid zu geben, sobald er damit durch ist. Etwa drei Stunden später erhielt ich bereits eine E-Mail von ihm, mit der Auskunft, mir die Arbeit bei ihm abholen zu dürfen. In Sorge, etwas Gravierendes falsch gemacht zu haben, fuhr ich erneut an die Universität, denn die beanspruchte Zeit für die Korrektur erschien mir im ersten Moment relativ kurz. Als ich jedoch sein Büro betrat, reichte er mir das Dokument und sagte: „Du kannst einreichen!". — Worte, die einem Doktoranden im Mund zergehen wie ein zartes Stück Schweizer Schokolade. Denn dies bedeute, dass ich nun einen Termin für die Prüfung ausmachen und alle Formalitäten mit der Universität klären konnte.
In den darauffolgenden Tagen versuchte ich einen Prüfungstermin auszumachen, an dem alle vier Professoren, die bei der Prüfung zugegen sein mussten, Zeit haben — ein unglaublich nervenaufrei-

bender Prozess, der mich viele Kopfhaare hat verlieren lassen. Hinzu kam der bürokratische Teil, der mich ein wenig an die Szene von Asterix und Obelix und dem Passierschein A38 erinnerte. Schlussendlich war es dann endlich so weit und ich konnte offiziell meine Arbeit bei der Universität einreichen. Der Termin für die mündliche Prüfung stand auch schon fest und sollte zwei Monate später stattfinden. In dieser Zeit versuchte ich mich vollständig auf meine Disputation zu fokussieren, da es die wichtigste Prüfung meines Lebens werden sollte. Sie stellte den Abschluss eines langen Weges für mich dar, der mich durch Höhen und Tiefen geführt hatte.
Die Prüfung zur Doktorarbeit findet öffentlich statt, wodurch Eltern, Verwandte und Freunde auch im Hörsaal anwesend sein dürfen. Diese Möglichkeit ließ sich auch meine Familie nicht entgehen. Meiner Mutter bereitete meine Disputation jedoch mehr Sorgen als mir, denn sie war sehr nervös und versuchte dies durch übertriebene Fürsorge zu überspielen. Ich selbst schaute der ganzen Sache ein wenig gelassener entgegen und freute mich sehr auf diesen Tag. Der Prüfungstag verläuft in der Regel immer gleich, und so hielt ich bereits um neun Uhr morgens einen Vortrag über die Ergebnisse meiner Arbeit. Im Anschluss hatten die Professoren Zeit, mich nacheinander zum Themengebiet zu befragen und sich Notizen über meine Leistungen zu machen. Die Disputation dauerte insgesamt 70 Minuten und endete mit dem Hinweis, dass alle Personen inklusive mir den Hörsaal verlassen sollten. Die Professoren zogen sich damit zurück, um meine Leistung zu besprechen und die Notenvergabe zu diskutieren. Nur fünf Minuten später wurde ich wieder hineingebeten und mir wurde mitgeteilt,

dass ich meine Prüfung bestanden hatte und von nun an einen Doktortitel besäße. Ein Moment, von dem ich mir erhoffte, dass er nie mehr aus meinem Kopf verschwinden würde. Voller Stolz verließ ich den Hörsaal und wurde von meiner Familie und von meinen Freunden gefeiert, wobei meine Mutter in Tränen ausbrach und die Feier zu versinken drohte.

Meine Lebensgefährtin ist erst ziemlich spät nach Deutschland immigriert und hatte bereits ihre gesamte Kindheit und einen Großteil der Jugend in ihrer Heimat verbracht. Dementsprechend war sie längst eine gestandene Persönlichkeit, als sie hierher kam, und für viele Vorurteile nicht ganz so empfänglich wie ich. Denn als zugezogener Ausländer ist einem die Problematik meist nur aus Erzählungen bekannt, wodurch bestimmte Empfindungen und Sorgen nicht nachvollziehbar sind, wie zum Beispiel die Ungerechtigkeiten an einer Schule oder die Angst, in eine Schublade gesteckt zu werden. Und während ein zugezogener Ausländer schon weiß, was er will und wo er hingehört, sucht ein in Deutschland geborener Ausländer noch nach seiner Zugehörigkeit, was zu einem Mangel an Selbstsicherheit führen kann. Das spüren natürlich auch die Deutschen, und dadurch kann es sehr oft zu Spannungen kommen. Allerdings ist es nicht so einfach, sich einem Land zugehörig zu fühlen, wenn keiner einem das Gefühl gibt dazuzugehören. Das gilt für ein Immigrantenkind natürlich nicht nur in Deutschland, sondern auch für die alte Heimat der Eltern, wodurch in jungen Jahren zwangsläufig der Gedanke entsteht, als Ausländer geboren zu sein.

Die Suche nach der eigenen Identität kann ein langer Prozess sein, doch hat diese Suche einmal ein Ende, so ist das Gefühl, endlich am Ziel angekommen zu sein, nur noch intensiver. Deshalb war für mich der wichtigste Schritt vor der Einbürgerung der Moment, in dem mir bewusst wurde, dass auf künftige Fragen nach der Nationalität stets auch die Antwort „Ich bin Deutscher" folgen wird. Ein Satz, der mir in jungen Jahren nie über die Lippen gekommen wäre, denn das Gefühl der Zugehörigkeit zu einem Land entsteht nicht von heute auf morgen. Es bedarf viel Arbeit beider Seiten, wobei jeder zur Verantwortung gezogen werden kann. Sei es eine ausländische Gemeinschaft, die keinen Anschluss zur deutschen Kultur sucht, oder die deutsche Gemeinschaft, die eine ausländische Kultur nicht akzeptieren will.

Der Weg, einen Pass und damit eine andere Nationalität anzunehmen, ohne den nötigen Respekt vor sich oder dem Land zu haben, ist für mich der völlig falsche. Ein Mensch kann und sollte nicht eine Staatsbürgerschaft besitzen dürfen, die er mit Füßen tritt und missachtet. Dementsprechend sollte jedem vor der Einbürgerung klar sein, dass mit dem erhaltenen Dokument auch ein gewisser Stolz verbunden sein sollte. Die Vorteile einer Staatsangehörigkeit sollten für eine Entscheidung keine Rolle spielen.

Es dauerte einige Tage, bis ich realisiert hatte meine Promotion geschafft zu haben, und selbst auf meiner Promotionsfeier schien alles wie ein Traum. Scherzend sprachen mich Freunde und Verwandte mit meinem Doktortitel an, während ich selbst mein Dauerlächeln nicht unter Kontrolle bringen konnte. Ich fühlte mich frei und am Ziel angekommen, und

niemand mehr konnte mir diese Freude nehmen. Ein unvergesslicher Abend, frei von allen Zwängen und Sorgen um die Zukunft, und der Abschluss eines sehr langen und schwierigen Weges, der meine Eltern und mich gleichermaßen mit Stolz erfüllte.
Nur noch eine Angelegenheit wollte ich vor Antritt meiner neuen Arbeitsstelle erledigt haben: die Einbürgerung in die deutsche Staatsangehörigkeit. Mit meinem Abiturzeugnis, Diplom und Doktortitel in der Tasche machte ich mich eine Woche nach meiner Feier auf den Weg und stellte meinen Einbürgerungsantrag. Das Wartezimmer war brechend voll und etliche Stunden vergingen, bis ich endlich meinen Antrag abgeben konnte. Drei Monate später hielt ich bereits meine Einbürgerungsurkunde in den Händen. Ein wirklich merkwürdiger und zugleich stolzer Moment, denn obwohl ich nie daran geglaubt habe, diesen Schritt zu gehen, hatte ich beim Anblick des Dokuments keine Zweifel mehr, Deutscher zu sein.

Nachwort

In jedem Leben gibt es Augenblicke, die man nie mehr vergessen möchte. Meine Promotion und Einbürgerung sind solche Momente, denn sie waren für mich eine Bestätigung dafür, dass ein starker Wille zum erhofften Ziel führen kann. Auch das Glück, zur richtigen Zeit am richtigen Ort zu sein, sollte nicht unterschätzt werden. Denn meine Grundschullehrerin beispielsweise hätte nur ihren Willen durchsetzen oder meine Mutter den entscheidenden Zeitpunkt während des Gesprächs verpassen müssen, und alles wäre anders gekommen.
Wie hier beschrieben, war meine Jugend hauptsächlich von negativen Erfahrungen und Vorurteilen geprägt. Beim Besuch der Disko war es der Türsteher, in der Schule waren es meine Mitschüler und beim Sport war es der Vorstand des Vereins, doch ihnen allen war der Groll gegenüber Ausländern gemein. Dass in mir damals eine gewisse Abwehrhaltung gegenüber Deutschland und den Deutschen entstand, ist wohl nachvollziehbar und für jeden der meine Geschichte kennt, verständlich. Schließlich hielten die meisten mich für einen beschränkten Ausländer ohne Potenzial. Erst mein Studium und die Promotion öffneten mir die Augen und gaben mir das Gefühl, ein Teil dieses Landes zu sein. Daher kann ich mich heute mit Stolz vor andere Menschen stellen und sagen, ich bin Deutscher. Ob ich darüber hinaus auch integriert bin, möge jeder Leser für sich entscheiden, da ich mein Bestes bereits gegeben habe.
Die erste Arbeitsstelle nach meiner Doktorarbeit befand sich in der Schweiz. Ein wirklich wunderschönes Land, das forschungstechnisch sehr viel zu bieten hat.

Aus diesem Grund freute ich mich sehr auf meinen neuen Arbeitgeber und war enthusiastisch wie immer. Doch eines fiel mir bereits zu Beginn auf, die Abteilung war keine Einheit, sondern eine Aufteilung von deutschsprachigen Mitarbeitern auf der einen Seite und fremdsprachigen Mitarbeitern auf der anderen Seite. Eine Situation, die mir in ähnlicher Form schon geläufig war, nur das Land, das war eben ein anderes.